渡边淳一
作品

男人不专注 女人不反省

懲りない男と反省しない女

蔡鸣雁 译

青岛出版社
QINGDAO PUBLISHING HOUSE

图书在版编目（CIP）数据

　　男人不专注　女人不反省 /（日）渡边淳一著；蔡鸣雁译 . —青岛：
青岛出版社，2017.6
　　ISBN 978-7-5552-5476-8

　　Ⅰ . ①男… Ⅱ . ①渡… ②蔡… Ⅲ . ①散文集—日本—现代
Ⅳ . ① I313.65

中国版本图书馆 CIP 数据核字（2017）第 109361 号

山东省版权局著作权合同登记号 图字：15-2015-49 号

书　　名	男人不专注 女人不反省
著　　者	（日）渡边淳一
译　　者	蔡鸣雁
出版发行	青岛出版社
社　　址	青岛市海尔路 182 号（266061）
本社网址	http://www.qdpub.com
邮购电话	13335059110　（0532）68068026
策划编辑	杨成舜
责任编辑	刘　迅　E-mail：siberia99@163.com（日本方向选题投稿信箱）
封面设计	乔　峰
封面插图	裴梓彤
插　　图	唐仁原教久
照　　排	青岛双星华信印刷有限公司
印　　刷	青岛双星华信印刷有限公司
出版日期	2017 年 7 月第 1 版　2018 年 5 月第 2 次印刷
开　　本	大 32 开（880mm×1230mm）
印　　张	7.375
字　　数	150 千
印　　数	8001-13000
书　　号	ISBN 978-7-5552-5476-8
定　　价	29.00 元

编校印装质量、盗版监督服务电话　4006532017　0532-68068638

本书建议陈列类别：日本　文学　畅销

前　言

这本书收录的是二〇〇三年三月至二〇〇五年四月期间连载于《妇女公论》的作品。

不过，起初它只是我的个人随笔，中途考虑到如果加上女性的意见，以问答、探讨的形式进行，内容会更宽泛柔和，遂邀请女士1、女士2两位加入进来。

这两位的简历另作记叙，文中有时也会邀请其他女嘉宾友情客串。

主题从男女间的差异、对立，进而涉及对策、分歧，结论交由读者朋友们见仁见智。

总之，在这次的恋爱问答中，我能够明言的是，对爱情、性的思考方式会因为各自的体验、感性差异出现显著不同。

只有这一世界与学问、教养甚至与社会地位及资产没有任何关系。

头脑绝顶聪明、毕业于顶尖大学的人也会在男女之事上幼稚懵懂，而即使没上过什么学，明白之人固然明白。

可以说，因人类拥有逻辑上难以讲通的妖娆感性世界，所以男女关系才会多彩复杂而又充满魅惑。

毋庸置疑，准确理解、认识这一问题便是男人和女人融洽生活下去的原点。

二〇〇五年四月一日　渡边淳一

目录

PART

1

女人的精神　男人的肉体

女士 1：一九六一年生于东京。女子大学毕业后就职于中央公论社，被分配在《妇女公论》编辑部，担任渡边淳一先生的责编二十二年。其间，耳边不断充闻《渡边流男女篇·恋爱论》，对男女之事耳熟能详，结果竟至单身。年轻时，她周围围绕着许多年长的男人，这些男人是中年人的偶像，致使同年龄的男人畏缩不前。她多次被迷恋她的跟踪狂追踪，从而醒悟到男人是个麻烦。然而，她却并未知难而退，现在正处于恋爱之中。话虽如此，男女双方都搞得很累。她和女士 2 的思维、意见有诸多不一致，通过这次对谈，她了解到自己的思维倾向男性。她痛感女人因人而异，缺乏男人那样的条理倾向。"对男人宽容"就是"对男人而言方便的女人"，她对这种女性的受害者思维不以为然，认为女人应该对男人更温柔一点。

第一回

重视心灵的女人和
一味追求性的男人

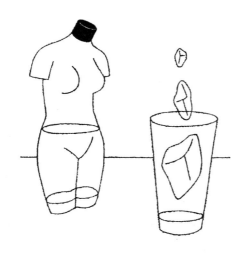

女士1 男人和女人交往时，要求女人具备什么条件呢？

渡边 这也要看情况。考虑结婚时，会考虑那个女人的出身、性格，包括从容貌到教养之类，因为成为妻子的女人的素质将影响到自己的子孙后代。但如果是纯粹的恋爱关系的话，首先当然是容貌和性格，但也会考虑这个女人会不会和自己发生性关系。

女士2 咦——

女士1 马上就想到这个吗？开玩笑吧？

渡边 不不，男人具有强烈的性冲动，总是盼着获得满足，所以和女性交往时，首先期盼的是那个女人能满足自己最基本的欲望。

女士1 一上来就是那种欲望吗？听上去像是只以女人的身体为目的。

渡边 如果说希望得到身体，女人便会立即觉得污秽，可是若非希望得到身体，男人的爱也不会发生。因为男人对不屑一顾的女人是不会希望得到她的身体的，男人的这种性欲被单方面忽略好不好呢？

女士2 就是说只要肯和自己建立性关系，就人人皆可，是吗？

渡边 前提是对那女人的容貌和身体满意。换言之，如果对方不是男人想发生性关系的人，很难建立恋爱关系。在这个基础上，超越了能满足性欲这一条件，接下来的问题才是女性的出身、教养、人品、感性之类。

女士1 这真是难以置信。也就是说，能否和自己发生性关系决定着这个女人的价值吗？

渡边 不是价值，而是爱的指标。对男人而言，比起不肯和自己发生性关系的女人，无疑是肯的女人更重要。不过，要想喜欢一个女人到迷恋的程度，和她之间的性是"绝妙美好的性"就会变得越来越重要。

女士2 "美好的性"指的是什么？

渡边 对男人而言的"美好的性"，到达同床共枕、彼此相爱这一过程固然重要，但更重要的是和对方的插入感以及能否从中得到绝对的快感。

女士2 哎？是插入感吗？

渡边 广泛说来，就是性。这对长久的交往很重要。

女士1 是否真的喜欢一个人，应该取决于那个人的人品、价值观和感性等，怎么会靠插入感呢？

女士2 对啊，难以置信。

渡边 可是男人把性器插入女性的阴道，在强烈的快感中结束才是最大的愿望。所以他觉得能给自己带来快感的人可爱是理所当然的吧？

女士2 还是难以置信。

女士1 完全无法理解。

渡边 好吧，仅就这一点你们不理解也是自然，因为被插入的性和插入的性完全是两回事。你们要是马上就能理解反而可怕。（笑）

性快感甚而影响爱情

女士 1　插入感会有那么大的差异吗?

渡边　当然了,对第一次和女性发生关系的男人而言,只要对方肯让自己进入已经足矣,他会仅仅为此感动并很快结束。不过,如果体验的次数多了,他就会明白,同是插入感也会因人而异。我觉得这些事女性不会理解,但的确千差万别。就好像模样和性格因人而异,那个也是各不相同。

女士 2　到底有什么不同呢?

渡边　这个从温暖柔软到冰冷空旷都有。

女士 2　空旷……

渡边　首先阴道内的温度不同。就连手掌都有人温暖有人冰冷,对吧?再者,就叫它密合度吧,阴茎插入时的密合度也不一样。还有,插入时突然收紧,完全吸附在男性性器官上……好像这话有点不对劲儿了。(笑)有的阴道壁如同钟乳洞一样错综复杂,可以给男人带来绝妙的快感。

女士 2　钟乳洞……吗?

渡边　阴道口的位置也有好有坏。一般来说,靠前或靠上更方便性器插入,而且也能贴合得更紧密。这个说法古已有之,所谓名器的条件在江户时代的《枕草子》等书中有诸多记载。供男性阅读的小说和周刊杂志的报道里面也有很多这种事情吧?

女士 2　有的方便有的不方便,我知道有这类说法,但不认为有多么重要。

渡边 是包括那个在内的性整体的好坏。

女士1 可是，那是个相性问题吧？

渡边 你这样一言以蔽之可不好办。达到相性之前有很多要素，也有肉体方面的好坏。当然，男人年轻又只想发生性关系时，是不会讲究这些的，而且如果没什么经验的话，也无法比较。

女士1 可是女性依然难以理解。我不明白为什么性快感甚而能影响爱情。因为女人爱上男人，是被他的性格和人格所吸引。

女士2 至少局部不是问题。

渡边 男人是远远胜过女人的性动物。这个看看发情期的动物也能明白。雄性追赶雌性，有机可乘就想扑上去。而雌性通常只是在走而已。为达到这一目的，雄性之间会浴血奋战，争夺征服雌性的权力。可以说，雄性为插入雌性身体连性命都赌上了。

女士2 动物或许如此，但人是有理性的。

渡边 但是在以种的存续为目的的原始欲望这一点上并无二致。将自己的性器插入女性阴道后射精对人类中的雄性来说是第一优先事项。而且这种时候，他们总是希望尽量伴随着强烈的快感结束。所以他们会觉得能满足自己这一愿望的女性最可爱。实际上，男人离不开性方面具有魅力的女性的例子有很多。外表并不漂亮的女性被热恋，而美丽又有教养的女性完全不被放在眼里、很快分手，其背后也是受到那种事的影响。

女士1 可是，那种喜悦也就短短一瞬间吧？

渡边 弄不好你可能不了解性的喜悦的真正意思吧。(笑)总之，和性方面和谐的女性在性爱结束之后也能敞开心扉一直交谈下去。反之，如果是性爱时气氛不好、无法给自己快感的女性的话，就只会因为欲求不能满足而觉得乏味。哪怕那女人的人品和相貌再出色，如果性关系不好，可爱也就另当别论了，哪还会三番五次地……

女士 1 是不会想吗？我并不认为有那么重要。

渡边 所以男人会轻易离开那样的女人。搞不好第一次就会消除之前怀有的憧憬和好感。女人只因为一次以身相许，男人便突然不再来了，这种例子的真正原因也许在于性。

女士 2 女性会苦恼的吧？会疑惑自己哪里不好。

渡边 不过，男人很难说出口是因为性爱不佳。

女士 1 好露骨。那样的理由……女性难以相信。

渡边 不过，仅就这个来说是天生如此，并非那个女人不好。好像还有类似于收紧阴道的训练之类东西，不仅其效率可疑，而且也说不上就是因为那个地方不好。所以最终男人自然还会离开。

女士 1 不过，我还是认为那种事要靠那个女人的人品和人格魅力去弥补。应该有很多凭借肉体以外的部分加深爱情的手段才是。

渡边 女性终归还是喜欢精神方面的话题，但男人是肉体一派，如果无法得到应该得到的快感，情感就不会沿此向前拓展。要想长时间迷恋一个女人并一直保持性关系，男人还是希望女人那里要好，在某种意义上要性感放荡。

女士 2 可是为什么男人会如此现实呢？女性分明就不会太在

乎男性性器的大小。

渡边 所以我多次说过，男女的性是不一样的。女性原本比男性感受性感的范围宽泛，对吧？温柔的话语、爱抚、接吻等等都会让女性性感觉兴奋，所以她们对性的评价也会以包括前戏、后戏在内的综合分数进行判断。比起行为本身，女性更重视男性爱的表现或者当时的气氛。然而男性能得到的性快感仅仅凸现在性器本身，与女性相比，他们的性感觉要简单贫乏得多。

女士 2 因为贫乏，才成为一点豪华主义。（笑）

女士 1 我还是无法理解。

男人的异性爱使其重视肉体

渡边 不过，我认为夸大评价男性的性也有好处。

女士 2 比如说呢？

渡边 局部的好坏与一个女人的脸蛋美丑及教养之类没有关系吧？特别是脸蛋的美丑外观可见，所以通常长得漂亮的人占便宜。不过，就算脸蛋丑一点，如果局部很好的话，发生肉体关系的时候也可以牢牢抓住男人的心。

女士 1 可是比起那个，女性更希望男性看到自己的性格和为人，还有思维方式以及迄今为止的种种经历和感性。

渡边 是希望男性依据这个进行评价吗？

女士 1 是的。

女士2　没错。

渡边　男人也想那样做。

女士1　也就是说做不到吗？

渡边　这不是强词夺理，而且因为这一问题是通过性爱的结果了解到的。

女士1　可是，在某种程度上，男性难道不会随着年龄的增长越来越重视女性精神方面的魅力吗？

渡边　这些事不同的男人会有一些差异，但总体而言，在男人的异性爱中，肉体方面的满足往往要比精神方面的满足更强烈。一把年纪的中年男人和女高中生交往图的就只是肉体。这些人里面有很多医生、律师、公司社长这一类所谓具有社会地位的人，这些号称智慧的男人们追求的未必是女性的知性和人格魅力。这些东西在性满足之后作为附加成分存在即可，所以首要的还是女人的肉体。

女士2　难以置信。肉体最为重要，其他的居然是附加成分。

渡边　只要肉体很棒，有的男人就会奉上令人难以置信的爱与金钱。

女士1　靠人格和个性很难吗？

渡边　与其说很难，不如说现在正在讨论长度单位，而有的人却提出重量问题，这可不好办。（笑）不过，如果终其一生来看的话，这个也并非绝对。随着性爱次数的累加，女性也可以感受到性高潮。如此一来，阴道的敏感度就会增加，也可能会吸附上。爱情加深后，如果所爱的男人心怀感动地表扬说"你好棒"，女性的身体会发生变化。毕竟人的身体是流动性的，始终具备可以发生变化的要素。无论什么样的女人，只要经历过美妙的恋爱，也许都会变得风情万种。

女士1　那是因为经历恋爱，情感充实啊。

女士2　是啊，这是心灵问题。

渡边　你们马上就说是心灵，好麻烦。（笑）至少性爱的质量不是那么容易变化的。话说女性方面对男人也会有诸多不满吧？比如性爱时的气氛糟糕透顶啦，只是一味猛烈却一点都不好啦，或者做爱只是一种痛苦啦……因为我们之前的谈话完全将或可称之为男性缺陷的拙劣表现束之高阁了。

女士1　不能说没有，不过只要有爱情，就不会放在心上。

女士2　喜欢就一切OK。不过，讨厌的话，就会厌烦一切。

渡边　情人眼里出西施，相反的情况也有吧？女性是否爱对方有时也会决定性爱的质量，在这个意义上一切都不是问题，但男人是比较分析派，他们会觉得那个女人那里虽然还好，可是在那个问题上就另当别论了。他们不太会盲目地忽略每个缺点而全部都爱。所以坦率地说，男人不会理解喜欢就一切OK。（笑）不过，如果男人也认为像女性那样只要喜欢一切都好会比较轻松。可是这个对他们很困难。（笑）

第二回

陷入情网的女人和一旦
受到拘束就逃离的男人

女士2　前几天我和男友大吵一架。

渡边　怎么回事？

女士2　我们俩去温泉，可是到了第三天他就吞吞吐吐提出来，说什么在旅馆里待够了，想去打高尔夫，还说在山里住烦了，想搬到城里去，最后竟说"想回去了"。

渡边　这个不难理解啊。男人再怎么爱一个女人，如果一直待在一起，都会想离开的。

女士1　喜欢还想离开吗？

渡边　能整日黏在一起至多两天就是极限了。

女士2　为什么？我希望尽可能长时间地和所爱的人待在一起。

渡边　男人当然也想在一起，但靠得太紧就会喘不动气。本来男人就不擅长长时间保持同一状态啊。就算和女人一起去温泉，也做不到一连多日仅仅泡泡温泉、在房间里恩爱。过了一宿，他们就想去打打高尔夫啦、去趟美术馆啦，再或者希望一个人读读书啦，什么都行，他们就是想做点不一样的事。

女士2　既然两个人出来旅行，我还是希望尽情享受二人世界。然而却被弄得心神不定，担心他对自己的感情会不会冷淡了。

渡边　虽然男人厌烦保持同一状态，爱却并不会冷淡。

女士1　可是，为的就是享受二人世界才专门出来旅行的吧？

渡边　所以说，可以在和平时不同的环境中两个人一起做很多事情，但一味黏在一起不是目的。这种时候泡泡温泉、吃吃饭、做做爱就足够了，二十四小时待在一起反而会很快厌烦。然而女性不一样，男人要是说"我出去散散步"……

女士2　会说："我也一起去！"

渡边　要是他说："要不看看书吧……"

女士2　就说："那我也一起看"。（笑）如果深深爱上一个男人，女性就会希望和他从早到晚黏在一起呢。去温泉旅行时，也希望在房间里黏在一起。

渡边　那可就累了。比如去巴黎新婚旅行，男人因为晚上和新婚妻子共度，所以希望白天去看看凯旋门或罗浮宫美术馆，而女人觉得在罗浮宫看画还不如和丈夫两个人一起在罗浮宫更重要，她们会把画扔到一边，只想着和丈夫挽着胳膊。看看走在威基基海滩上的情侣，女人会只顾着看爱恋的男人的脸，脚下磕磕绊绊，而男人却在看别的女人。（笑）

女士1　男人和自己的恋人或妻子在一起时，为什么会看别的女人呢？女性非常讨厌这个。

渡边　男人本性见异思迁，自己眼前有美丽的蝴蝶翩翩飞过时，便会情不自禁地侧目，所以说并非是因为讨厌身边的女人。相反，女人要是动了感情，就会无休无止地沉迷于一个男人。

相隔的距离与分手之间的关系

渡边　越是整天黏在一起，就会越早分手。有这样一个法则，相隔的距离与分手的早晚成正比。

女士2 怎么会呢？

渡边 整天被女人跟在身边，男人会急剧厌烦。也并非是因为没有了爱情，而是累了，厌倦了在一起。婚后的无性生活也并非不爱妻子，而是因为离得太近，热情消退，更何况从早到晚黏在一起的话，男性两天左右就要逃走也是理所当然。不过，女性难以理解男人的这种心情吧？

女士2 如此短的时间就会厌倦确实难以理解呢。

渡边 在恋爱中，男人原本就比女人淡漠。

女士1 男人不会在恋爱中忘我投入吗？

渡边 那就只有想要一个女人并射精的瞬间了。

女士1 只有那一瞬间吗？（笑）

渡边 之后就会迅速淡漠。在性爱中，女性某种意义上可以达到无限，而男性是有限的，会明明白白地结束。不过，男人这样的生理对人类而言倒是很重要的。如果男女永远黏在一起，我们人类社会的生产力就会无限降低，进步和生活就都无法成立。也许人类发展到现在的原因之一就是男人的身心较易淡漠，具有甩掉女性也能外出狩猎或工作的本能。

女士2 那么，男性就不会沉迷于女性了吗？

渡边 比如他们迫近自己强烈希望发生性关系的女性时，或许可以说他们会沉迷其中，可是一旦如愿以偿，紧张感便会咣当降下，回到冷静状态。和某个女人性爱销魂，感觉她非常可爱的时候会激情燃烧，但他们会希望按照自己的节奏燃烧，而不是被对方牵着鼻子走。再怎么爱，男人也还是希望保持自己的时间和领域。

女士2　总是以自我为中心呢。

渡边　和单纯的以自我为中心还是两码事，但或许男性忘我投入的时候确实比女性要少。不是发生过女人将自己就职的公司里的钱大把花在男人身上的事件吗？这是严重的犯罪。那女人陷入情网，无法判断善恶了。而且那件事还持续了好几年。男人自然也会在自己迷恋的女人身上大把花钱，但痴迷一个女人的时间比女性要短。稍有花费，便会想确认"她当真爱我吗？"或者后悔自己"做得过火了"。

女士2　就是说男人对自己更为客观吗？

渡边　男人更主体性吧。女人一旦爱了，便很容易在与那男人的关系中失掉主体性。她们迷上了对方，比起自己，更愿意按照对方的标准行事。当然，关于爱情，主体性丧失或许也可以称为迷恋得深。

女士1　可是我可不想在恋爱中丢掉自我。

女士2　或许我会。不过，男人如何看待如此痴迷自己的女人呢？

渡边　会觉得惹人怜爱，同时也会想：真累！

女士1　这点我理解。女人也一样，被男人那样认为的话，会郁闷的。

女士2　您是说，让女人多少有点主体性吗？（笑）

心猿意马的男人

女士 2　女性和喜欢的人在一起时，连平时觉得很平常的东西都会感觉全都看起来很美好了。周围的风景也会突然看起来很美。

渡边　和喜欢的男人在一起，便宜的居酒屋看上去也会像高级饭店。

女士 2　是这样，是这样。（笑）尽管在邂逅时觉得男伴很一般，但一旦成为恋爱关系，就会突然看他很帅。

渡边　男人基本上不会有那种事。虽然感觉一个女人倾心爱自己很可爱或很迷人，但不会觉得连脸蛋都比实际看上去美丽。对方是塌鼻子，他们依然会觉得"真矮啊"。男人本来就不会认为一个女人完美无缺。他们会清楚区分那个女人身上能接受的部分和不能接受的部分，就算一个女人十分美丽聪慧，但如果她的房间杂乱，男人也会认为她这一部分"很讨厌"。因为喜欢，所以房间多脏都好，这样的事情不会发生。所以他们会在别的女人那里补偿某个女人欠缺的部分。

女士 2　哎？这算怎么回事？

渡边　这个女人知性洗练，但如果不够利落，男人便会想要在别的女人那里寻求这一部分的满足；妻子虽然为自己守护家庭，但如果不够性感，男人便会希望和别的女人满足性需要；再或者会心猿意马，心想：约会的话，这边这个女人最完美了……

女士 1　女性不能忍受这个。

女士2　没错。自己希望将一切奉献给一个男人，也希望对方投桃报李。

渡边　男人不会那样子陷入情网的，他们不会持久。

女士2　是吗？女人认为那种时候便是一切，哪怕在那场恋爱中燃烧殆尽也无所谓。

渡边　男人到不了那一步。大约女性中有很多人平时就在情感中交杂着台风和晴好。此刻还是晴好，接下来的瞬间可能就会像台风一样狂暴，落差很大。而男人的体内通常只吹着风速五米左右的偏西风。在女性看来这可能令人抓狂，但如果男人和女人都狂暴成台风，这个世界也就崩溃了。这一点上还是很好地保持了平衡的。

女士1　也许确实会有起伏。喜欢的人对自己稍微说点什么，可能就会意志消沉或意兴盎然。

渡边　那样的人担任管理职位的话，部下可就倒霉了。

女士1　不，工作上不会夹杂私人感情。

渡边　可是，比如和喜欢的男人一起去温泉，第二天是周一，到了必须要回去的时候，那男人说，"我绝对不要离开你，和我多待几天吧"，你们会怎么办呢？

女士2　我会跟公司说："对不起，今天身体不舒服，去不了了。"（笑）

渡边　要请假吧？

女士2　现实中不会那样做的，我想只是会有那样的愿望。

渡边　在男人看来，欣喜的同时还会想："竟然陷入情网到这个地步了呢。"

女士2 所以，女人在感情消退时会一下子就冷下来，会想："那算怎么回事嘛!"并且不再回头。

渡边 没错儿。女人要是讨厌了就是讨厌了，会十分厌恶。男人无法理解那种起伏。

女士1 可是我虽然谈恋爱，却不会陷入情网到那种地步。

渡边 女人也不一样。你会更主体性地活着吗？

女士1 那是当然。无论谈不谈恋爱，我都会让自己保持不变。

渡边 似乎《妇女公论》就是那样一本杂志吧？提倡的理想是女性也要有主体性的生活。号称不埋没在男性的价值观中，相反要让男人卷入。我想，有很多男人喜欢这一类有主体性的女人。两个人激情燃烧时尽管燃烧，其余时候各自为政。也许和这一类女人在一起，爱情会更持久。

女士1 对女性而言，这也是理想。

渡边 可是，恋爱的话……

女士2 会说："我也和你一起去散步。"

渡边 那样一来，男人依然想要逃开，不过最近另一类女性也许多起来了。

第三回

生拉硬拽的女人和

被生拉硬拽的男人

女士1 老师您前几天说过,"女人要是动了感情,就会无休无止地沉迷于一个男人"。

渡边 确实如此。女性容易迷恋上恋爱对象,男人就算足够喜欢,也不会像女性一样迷恋。跟踪狂自然另当别论了,男人喜欢倒也喜欢,但还是要淡漠一点的。女性的爱也可以称之为无限,男人的爱却是有限。正因为如此,才不至于男女一齐坠入情网,人类才得以发展到现在。

女士1 可是,女人为什么会很容易痴迷一个男人呢?

渡边 考虑一下女性的性,这一点似乎就能理解了。

女士2 怎么说呢?

渡边 男人就算和不爱的女人也能若无其事地做爱,而女性不会从肉体上接受不爱的男人。

女士1 确实,若非对方是自己喜爱的男人,我是无法做爱的。

渡边 这一点和男性相比偏于禁欲。女性容许性爱的前提是足够喜欢男性对象,并且一旦和那个对象发生了性关系,就会愈发迷恋他。当然,和无法爱上的对象另当别论。

女士2 一旦发生性关系,就会突然感觉对方很亲近,不想离开他。

渡边 我想这个可能和女性性爱的原点有关。女性在自己身体内接纳男性的性器,也就是说,性爱这一形式本身就是将对方纳入自己体内,并且能够紧紧将其抓住。

女士1 这倒也是啊。

渡边 而且达到性高潮的这一过程女性也和男性不同。男人有生以来第一次通过自慰射精的瞬间了解到绝顶的快感，这个和对方的存在无关。而女性的身体要在爱上一个男人并熟悉他的过程中才能逐渐感受到性高潮。也就是说，要想获得绝对的性快感，女性必须紧紧抓住一个男人，并且必须在一定的时间内和他待在一起。

女士1 确实如此。

渡边 结果自然便会对特定对象越来越执着。也就是说，女性的执着就是将爱恋的男人纳入自己体内不放手的"占有欲"。

女士1 不过，我迷恋一个人的时候，是被他的性格和思维方式吸引，并非迷恋性爱。

渡边 或许如此吧，不过这种性的存在方式也会影响到精神层面。在自己的阴道中抓住阴茎的时候，女性难道没有将那个男人全身抓住的充实感吗？那种充实感伴随着压倒性的快感，一旦经历过之后，便会强烈到难以忘怀。所以在无意识里，女性会希求将和自己建立肉体关系的男人包含精神在内地整个纳入。而且，据说女性在性爱中体会到的快感强烈到男性无法比拟的程度。当然这单指感觉到性高潮的女性，不太能感受到快感的女性大概不会明白。总之，一旦感受到那样强烈的性的喜悦，其他事情就都无所谓了。女性能够超越伦理地痴迷一个男人，这一点和男性大为不同。

女士1 我不会痴迷一个男人到那种程度。

女士2 我倒是能理解。做爱的时候会感受到强烈的一体感，似乎感觉男性对象变成了自己的一部分。

渡边　男人在性爱中不会感受到如此强烈的一体感。当然，插入的状态中是幸福的，但真正意义上的快感只是射精的一瞬间。因为在形式上也是如此，男性只是将自己的物件的前端放进去一点点而已。（笑）

女士2　是吗——只是前端被纳入了一点点。（笑）

两个人都沉溺爱河注定毁灭

女士1　这么说，无论女性多么渴望占有男性，男性都不会被占有了？

渡边　不是这个意思，我是说男人和女人沉溺爱河的方式不同。

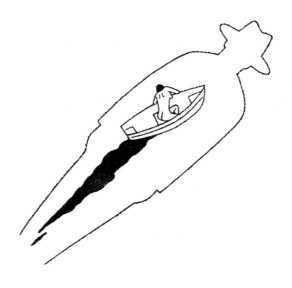

女性有了打心底里喜欢的男人，就会抛弃工作和家人，沉迷于那个男人，而男人就算喜欢也到不了那种程度。他们很难舍弃工作。换句话说，他们就是那种社会动物。当然，里面也并非没有舍弃一切的男人，但这种情况下的案例中男人要么有受虐倾向，要么添加了类似于愿望的因素，最终多数走向毁灭。

女士1　哎？毁灭吗？

渡边　典型的案例就是阿部定与吉藏。他们俩将一切社会关系排除掉，单独关在旅馆或酒馆里，在那里一味沉溺于性爱，某种意义上是在享受无边的堕落。实际上当他们没有了住宿费，吉藏就侵吞了自家小酒馆的资金，造成有家回不得的状态。做出那种事情时，吉藏已经从某一刻绝望地知道自己无法回归社会了。所以当阿部定对他说"你回去吧"时，他果断地说："不，可以的话，你杀了我吧。"这个案例是男方接受女方的爱，完全被占有，被同化。

女士1　为什么要走到死亡这一步呢？明明可以不必如此的。

渡边　女性的占有欲最终会让对方无处可去，而对男性而言，这就是背叛社会，前方只有死路一条。失去社会地位这一存在感对男人而言意味着死亡。不过，现实中几乎不存在弄到这种地步的案例，一般情况下，对完全黏上自己的女人，男人会本能地感觉到危机感，并且要离开。任凭女人大哭大叫"我不重要吗"，男人也会拂袖而去。

女士2　这么可怕吗？

渡边　切换到我们身边的情况来看，也许就容易理解了。一个就职于一流公司的男人爱上了一个女人，只是因为想和那个女人在一起，就按照女人的希望不断地无故旷工。要是那样做，他当然就回不了公司了。

女士1 回不了公司会严重到死吗？

渡边 可是，他因此不仅失去了工资，还有社会地位，甚至连之前构筑的一切都失去了。

女士2 还有一种选择，干脆辞职，再找个地方过不一样的人生。

渡边 女人总会轻率地这样想。比如"和我一起逃到南方小岛上生活吧"之类。可是，男人会因为这些事产生强烈的堕落感。虽然传言天底下有〇〇商社或△△电器的职员丢掉社会地位、收入和一切，和一个女人逃到陌生的地方悄然度日，可是那个男人当真会感到幸福吗？大概基本不会有那样的男人。正因为阿部定和吉藏的例子罕见，世人才会那般关注。

女士1 我想，女性只要和爱的人在一起，在逃亡地也能过得很快乐。

渡边 男人做不到那样破釜沉舟。反之，因为逃到了天涯海角，意识到"已经回不去了"，也有可能这才在爱情方面和女人达到同一水准。但是那个男人是否会和女人同样感到幸福值得怀疑，估计多半会感觉不幸。

女士2 是吗？我觉得那样也有别样的幸福啊。

渡边 在天涯海角，抛弃和外界的一切关系，只两个人在一起会幸福吗？

女士2　是的。因为能和最爱的人在一起。

渡边　所以说女性的爱令人恐惧。（笑）在男人看来，那种爱会将人无休无止地慢慢拖进无底的深渊。（笑）总之，男人不会老老实实地沉浸在对社会毫无建树的爱里。

因想发生性关系而追求的男人和因发生了性关系而追求的女人

女士1　那么，男人就不会执着于特定的女性了吗？

渡边　我想，与女性相比会少得多。就性爱而言，男人与希望全部占有对方的女人不同，只要暂时将阴茎插入射精就好了。这件事上，他们也希望不是对一个女人，而是尽可能对许多女人发泄。不是占有欲，而是发泄欲。相应地，他们对特定对象的执着度很低。

女士1　可是，我最近遇到的追踪狂又怎么解释？我感觉执着地追踪喜欢的对象的人似乎男性居多。

女士2　我也被追踪过，那人每天每天都带着礼物站在我家门前。

渡边　这个是特别案例，因为他们极其希望建立关系，这些都是那种很不受欢迎、偏执狂式的男人干的事吧。

女士2　或许吧，不过好可怕啊。

渡边　的确，男性跟踪狂比较暴力，女性会有危机感，所以因此很容易引起社会关注。不过，男性跟踪狂和女性跟踪狂动机不同。

男性跟踪狂说到底是想和那个女人发生性关系。

女士1 可是跟踪狂里也有一些人相当阴暗，他们紧追不舍，招人厌烦。仅仅想做爱，当真会到了这种程度吗？

渡边 男人的欲望高到极限时，能量热会猛烈升高。总之他们就是因为疯狂地想发生性关系，为此才无所不用其极。当那种欲望集中在一个女人身上时，他们就会变成跟踪狂。如果那个女人说"好呀"，轻易答应发生性关系，也许他的热度便会急剧降低。

女士1 但是，女性不可能容许和跟踪狂发生性关系的。

渡边 当然如此。不过，男性跟踪狂就算执着，大多也只是瞬间爆发式的。实际做爱之后被人说"你不行啊"之类的话，便会立即垂头丧气。（笑）可是女性跟踪狂多半会纠缠着更加复杂的情感，所以她们会比男性更执着地坚持下去。男人没有那种持久力。男人大概会瞬间暴怒，引发暴力犯罪，造成问题，但从另一意义上说，是因为他们体力弱。在这一点上，女性那种类似于持久性生命力样的东西绝对要强。

女士2 由生命力支撑的坚韧。

渡边 因为有体力，所以变得执拗。而且多数情况下，女跟踪狂的动机比男性要根深蒂固。

女士1 怎么个根深蒂固法呢？

渡边 男性跟踪狂多数例子是在和一个女人之间没有肉体关系时，总是希望建立关系而追踪；而女性大多是在和已经有了肉体关系的对象无法顺利发展时才会变成跟踪狂。

女士 2　这个是有的呢。比如发现有其他女人的影子，便因嫉妒而执拗地追踪。

渡边　女性在那种时候会认定给自己快感的男人，认定"我只有他了"。正因为和那个人之间建立了肉体关系，所以才会在对方想要离开的时候执拗地紧追不放。噢，她们之中倒也有人明明没有任何关系也会追过来。

女士 1　哎？是吗？

渡边　曾经有人对我说，"我被老师您用电波召唤来了"。（笑）我想："用不着那样做，直接来就好了嘛。"

女士 1、女士 2　哈哈哈哈哈……

渡边　男人虽然也有妄想，但不会麻烦到这种程度。毕竟他们只是想对喜欢的女人发泄一下而已。

女士 1　可是女性却认为"非这个人不可"呢……

渡边　男人认为，这个人不行，可能还有另一个。（笑）总之，排出的性和接受的性有根本性差异，彼此无法理解或许在某种程度上也是不得已吧。

第四回

彷徨的男人和追求
独占的女人

女士1　单身女人聚在一起,便会谈论"结了婚的男人很无耻"。尽管很多人引诱我，我也拒绝了他们，但我不会随便解释为"或许是因为他结婚了才讨厌他"，并因此退却。

女士2　他们为什么明明有老婆，还要引诱别的女人呢?

渡边　可能是因为大多数已婚男人都已经厌倦和妻子做爱了吧。好像我前面也提过，男女生活在一起的婚姻对性爱来说原本就不是好的配备。新婚燕尔另当别论，性爱埋没在日常生活中就会失去光彩。特别是孩子出生以后，丈夫会把妻子看作孩子妈妈，而不是看作性爱对象，可是男人又总是有性方面的欲求，所以便自然而然要在外面寻找性爱对象。

女士1　和妻子以外的女性发生性关系就是婚外情。

渡边　因为这样说会遭到社会责难，所以男人会在表面上遮掩。可是如果有了勇气和经济以及时间上的充裕，并且具备了不会败露的条件，多数男人还是希望试一下的。总之我想，他们都是因为希望和妻子以外的女人发生性关系才走到婚外情这一步的，出于其他原因的例子几乎没有。

女士2　结了婚的女人之所以有婚外情，多数也是因为缺乏性爱吧。

女士1　可是，也有的女性出于需要心灵港湾、希望恋爱这样的动机。

渡边　当然了，对男人而言，情感上的喜欢也是主要原因，但同时也希望性爱。这种情况下，任性的理想就是一边维持着家庭，一边和妻子以外的女性保持肉体关系。生活上的伙伴和性方面的伙伴男人希望兼而得之。所以他们希望婚外情对象是既能保持性关系又不会提出额外要求的女人，不过实际上这样的女人很少，所以婚外情时间一长，就会产生很多问题。一般来说，如果爱情不能与日俱增，很多女人便不能理解接受。她们期望爱情的级别不断上升，今天胜过昨天，明天超过今天。然而和有妻儿的男人无论交往多久，都不大可能有结婚生子这样的具体进展。

女士 1 是因为男人的爱不够深吗？

渡边 那倒不是，很多时候，男人的爱一开始最强烈，然后逐渐淡漠。老实说，许多男人和婚外情对象一周或十几天见一次面并且能踏踏实实做一次爱可能就会满足。如果积极希望进一步发展，可能就会产生很多棘手的问题。在女性看来，这可能很冷酷，但在男人看来，他们也会认为自己通过性爱这一方式，将没有倾注在妻子身上的爱倾注在了婚外情对象身上。

女士 2 可是，不是他们自己想做爱的吗？他们再怎么一味拿性爱来当说辞，女性也感受不到爱的。

渡边 男人确实是想做爱的动物，但与之同时，性爱对男人而言也是相当累的重体力劳动。他们和女性的运动量不同，而且下班之后再做爱，肉体上的负担也很大。他们之所以硬着头皮去做，就是因为爱，可是女性仅仅如此并不能得到满足。两个人的关系持续很久，却依然是约会、去旅馆、夜里十点或十一点分手、乘末班电车回家，反复如此便会很辛苦。确实一开始这样还好，但长此以往，倦怠感和不信任便会积攒累加。女方如果想到男人依然会和妻子发生关系，依然会在家中宝贝着妻子，便会难以原谅，因此就会产生冲突。

女士2 女性无论如何都会拿妻子和自己的立场作比较的。

渡边 结果女人就会逐渐提出要求，说："你既然不能和我结婚，那就把这个当礼物送给我吧。"她希望通过男人带自己去的地方和送自己的礼物来确证自己被爱的程度。既然你对妻子面面俱到，对我也要这样。另外，有的女人还希望公开他们的关系。这或许是对妻子的报复，但这样做的话，男人和女人都会疲惫，女性会首先忍受不了这种关系而离开。女性很会盘算得失，她会认为和这种男人再怎么纠缠也是无济于事。

女士1 这倒也是。（笑）

渡边 男人也会绝望，认为和她继续保持关系负担太大，难以支撑。但在走到这一步之前，还是会拼命安慰对方，为挽留她说什么"我最爱的是你"。

女士2 到了这一步还希望继续吗？

渡边 我想，如果他有了其他的性爱对象，就不会那么执着了。

女士1 好过分，竟然会到这种程度。男人除了性爱以外居然不会考虑别的，太让人意外了。

渡边 与其说到这种程度，不如说男人非常珍惜能接受自己、和自己发生性关系的对象，所以他会一直想得到那样一个对象。尽管被人埋怨，而且觉得讨好对方很费劲儿，却还是希望和性爱对象在一起，哪怕有点麻烦。

女士1　真露骨。

渡边　在男女关系之中，男人也是希望尽可能丢掉修饰物的，他们带女人去高级饭店也是想随后能发生性关系。若非如此，他们不会想专门花大把金钱和女人一起吃吃饭。还记得前面我说过吧？理想的女人就是什么话也不说，只是和自己做爱的人。虽然有点太直接，但这是多数男人的心声。和这种男人交往，双方都已婚且都不想破坏家庭的男女组合或许是最好的。不过总的来说，日本的男人不会追求已婚女性。

婚外情的罪恶感与嫉妒

女士1　婚外情的女性中，很多人为罪恶感和嫉妒苦恼万分。与其相比，男性似乎看不出正儿八经为之烦恼。

渡边　他们会烦恼，只不过和女性的罪恶感有点差异罢了。

女士2　他们烦恼什么呢？

渡边　最大的烦恼就是万一偷情败露该如何是好。在日本的企业里，婚外情会受到打击，万一那女的找到公司来，必然会被降职。所以他们会小心翼翼地不被公司或社会知道。

女士1　他们觉得不用瞒着老婆，只瞒着公司就可以了吗？

渡边　很抱歉，我想工薪阶层中大多数人都是这么认为的。前面我也说过，男人是社会动物，所以他们最为害怕的就是妨碍公司内升迁或者受到社会的制裁。当然，在妻子那里露馅后引起争执也很麻烦。所以他们会小心翼翼地加以遮掩。

女士2 这样的话，丈夫的婚外情很容易在妻子那里败露，而妻子的婚外情却很难被发现。

渡边 确实还是丈夫可能更容易在这方面露出马脚吧。男人就是这么单纯。

女士1 我有一个朋友，在丈夫睡觉时检查他的手机和钱包，从里面翻出酒店的收据和去远处车站的月票。还从他的上衣口袋里发现避孕套，并拿剪刀在中间剪上口子。（笑）

渡边 也有的男人为了和女人联系，瞒着妻子带两部手机的。（笑）可是就算这样，该暴露还得暴露。

女士1 暴露了之后他们会怎么做？

渡边 或许会拼命辩解说"我没做那种事"，或者说"我最爱的人是你"吧。仅是这样努力瞒着公司和妻子，对男人而言已是沉重负担。他们肉体方面很辛苦，而且还会被交往对象责怪，还要支付酒店费用，再加上女人的生活费，他们需要很多开支。这些辛苦女人可能理解不了。

女士2 都这样了他们还想维持关系，所以也是没办法的吧？不过，从女性的角度来看，因为是看不到未来的交往，所以男性负担这些也是理所应当。

渡边 这倒也是。不过，忍受着那么沉重的负担和对方幽会，男人也可能会厌倦。负担太重了，继续下去会很辛苦。

女士1　最近女性也自立了，希望在不给对方增添负担和麻烦的前提下珍惜那种关系的人也增多了。

渡边　在男人看来，那种女性很难得，但同时也可称之为"方便的女性"。普通女人或许都讨厌成为"对男人而言方便的女性"吧？

女士1　这个见仁见智。

渡边　确实，对有经济能力且不想结婚的女性而言，这或许可以称之为不错的关系，但我认为其中含有"不希望自己的工作被介入"或者"能按照自己的方式生活"之类小算盘。虽然也有人说，有个人帮自己出出主意、有个能经常和自己做爱的对象就好，但见到男人回家或许还是会孤寂，或者希望再把男人抓得紧一点。如果有女性认为这也无所谓，那她也是把爱情看透了，某种意义上说，也许就是变得淡泊了。

在是否想结婚上出现问题

女士2　我要是喜欢上了，就会想独占他。

渡边　如果彼此爱得狂热，那是自然。

女士1　的确不能否认，因为有障碍才会一直激情燃烧。

渡边　说得是，但如果障碍太多，反之也难持久。总是胆战心惊地观察周围人的目光和去哪里都堂而皇之之间的差异会微妙地影响到两个人的关系。如果女性也真心喜欢那个男人，很快就会产生更现实的欲求。

女士2　会希望和那个男人结婚。

渡边　已婚男性和未婚女性之间的组合必定会产生的问题就在于此吧。不过，现实中会不惜和妻子离婚、与婚外情对象结婚的男人极少。如果男人也坠入情网，也许就会有这样的愿望，但很难走到清算结婚生活这一步。

女士2　不过，女性希望在某一阶段进行清算。

渡边　在日本，"家"这一价值观还活着，因拈花惹草而离婚，社会制裁是很严厉的，特别是有小孩的情况更为严重。这还需要繁多的手续，总之是麻烦又耗体力的。男人大多讨厌麻烦，就连和妻子之间的纠纷都会尽量避免。男人通常说婚外情对象还是年轻女人为好，这虽然也包含肉体魅力的成分，但主要是因为年轻女人很少因结婚或嫉妒自己的妻子而烦恼。

女士2　男人就没有意识到对不起交往对象吗？

渡边　在请求"你不要和别人结婚"、拖延着单身女性的情况下或许会有。也许他们会对无法和对方结婚负疚。如果对方恰是适婚女性，还会感觉对不起父母。所以对方遇到什么麻烦时，就会尽其所能帮助她。

女士2　仅仅如此吗？

渡边　你说仅仅如此，可是男人无法做到更多了。为了和那个女人交往，男人已经背负了沉重的负担，而女性也是在有一定程度了解的前提下开始那种关系的，所以也不好一味责怪男性。不管怎么说，拖到那一步的例子很罕见，只要不是特别喜欢对方，女人也不会被拖那么久，何况现在有体能拖到那一步的男人本身就很少。能被女性要求"离婚和我结婚吧"的男人在花心男中也算精英了，女性和有家室的男人交往很多是为了找一时的安慰。

女士1　有这种事吧？就是男人认了真，宣布和妻子离婚，而女方却说"这不好办"，弄成被人釜底抽薪的状态。（笑）

渡边　以前我在《情人·爱人》这部小说里写过这种关系。法国有许多优秀的单身女性，她们经济自立，不想结婚。在那本小说里，当男人费尽周折离了婚，满心欢喜地告诉女人可以痛痛快快结婚时，她却丢下一句"离了婚的你没有魅力哟"，扬长而去。很酷的。（笑）我感觉最近不管结不结婚，男女双方都轻松交往、轻松分手的事情好像很多。女性对爱的思考方式比从前轻松了。

女士2　也有有家室的男人被女下属染指、玩弄的事情。（笑）

渡边　也有的女人会在关系结束后，对上司说："这回我要结婚了，请你参加婚礼并讲话。"（笑）话虽如此，只要一夫一妻制还存在，婚外情就不会消失。下回具体讨论一下婚外情的实态吧。

第五回

希望通过结婚培养爱
情的女人和易在婚外
情中激情燃烧的男人

女士1　上回老师您说过，就算被情人逼婚，男人也很少会离婚再结婚对吧？

渡边　爱情另当别论，男人怕麻烦。实际考虑到离婚时，考虑到孩子、邻居、亲戚，再加上公司什么的，很快就会觉得麻烦，失去了分手的念头，不再起劲儿。当然，其中也并非没有想清算现在的婚姻，和新女人重新开始的人，但大多数是夫妇俩都还年轻，还没有小孩子的情况，到了中老年，不惜背负离婚的麻烦也要和妻子分开的男人就很少了。所以，妻子就算知道丈夫偷情，在离婚一事上也暂可放心。记得以前我也说过，丈夫厌倦了和妻子的日常生活以及和妻子做爱，才向外面寻求令人心跳和激情的性爱。但除了性爱以外的方面，例如在家庭管理能力、处理日常事务或和亲戚邻居交往等方面，多半还是会高度评价妻子的。

女士1　可是我认为，妻子不仅仅是搭档，还希望被当作女性得到好评。

渡边　或许吧。不过妻子当中也有些清醒的女性并不希望丈夫拙劣地向自己求欢。先不说那个，一般来说，男人这种动物或可称为宗派性吧，他们能够部分地区分看待妻子。对自己喜欢的女性，他们也能够将姿容、风格、性，还有知性和教养、社交能力等逐一区分评价。这类条目很多，比如这个女人这部分和这部分很好，这一部分却不怎么样，诸如此类。

女士2　咦？是吗？要是我陷入爱情，就会把全部看得很美好。

渡边　这就是在恋爱上男性比女性的冷静之处，特别是对自己的妻子，比起性爱，跟亲戚邻居之类的对外关系、家务和育儿能力、理财等会成为重要要素。从这一观点出发，男人对妻子要求十条中的七条左右，剩下的三条，也就是性爱这一女性风情部分，往往会在别的女性身上寻求。不过，男人对情人纯粹只要求性爱，不会要求和亲戚交往及教育小孩的能力。偷情被妻子发现后，男人经常会安慰妻子说"我更爱你"，也含有"你受到好评的条目更多"的意思。

女士1　就是说"综合得分上你要高"吗？

渡边　就是这样。因为在男人的生活上，刚才提到的这些与日常生活相关的条目中有许多重要程度更高。而且，虽然男人有强烈的性欲，总是寻求性爱，但他同时也是十分社会化的动物。从公司内立场考虑，不与妻子分手、继续一起生活更划得来，这样的小算盘也是成立的。

对妻子的感情和对情人的感情

女士1　难道男性就不能不只是重视社会性事务，也重视与妻子精神上的联系吗？

渡边　这是当然。就是因为重视，才不会和妻子轻易分手。精神方面的联系中包含社会性事务和与日常生活相关的所有部分，所以难以一言以蔽之。

女士1　等一下。这样说来，情人只有三条，也就是只有性爱这一部分受到好评吗？

渡边　可是这三条非常重要。因为对男人而言，性满足无疑很重要。

女士1　可是，这只是肉体关系吧？对情人就没有精神方面的东西了吗？

渡边　虽说重点放在性爱上，但也并不是说就没有精神性了。当然有，而且他们也希望加以珍惜。前面我也说过，对男人而言，恋爱等于性。男人通过性爱对那个女人倾注热切的爱情，只不过在包含全部的综合精神性方面，多数情况下会认为妻子更重要。

女士1　情人会对这个不满，会认为丈夫更珍惜妻子，而且妻子受到法律保护，得到周围人的承认。

渡边 诚然，夫妻基于牢固的婚姻关系得到法律保护是不争的事实。不管怎么说，社会容忍度通常不一样。例如，和妻子一起参加某种集会和与情人一起去，周围人的寒暄方式就会不同。可是话虽如此，若说到是否所有女性都认为结婚为人妻是女人真正的幸福，则又另当别论。结婚在形成家庭、顺利保持亲戚朋友关系这一点上是有效体系，但尤其在包括性爱在内的男女之爱上，可以说是有极大问题的形式。总是生活在同一屋檐下大多会引发男人的惰性，会让他们丧失性爱欲望。对希望丈夫一直把自己当作女人认可的女性而言，婚姻难以称得上是好的制度。

女士1 或许是吧，但已婚男人和未婚女人的不伦之恋依然有不平等感。不伦关系结束后，男人只需回归家庭，而女人可能会认为，又结不了婚，白白浪费了那段光阴。

渡边 不过，交往过程中也有非常美妙充实的时候吧？

女士1 话虽如此，可是……

渡边 再往后问题就发展为，是希望收获结婚这一形式之上的果实，还是取得爱情这一实质了。实际上，情人当中也有人颇为自负，认为"我只食用他最美味的部分"。例如祇园的艺伎就不希望被扶正，所以丈夫到花街玩，妻子们也大可放心。但是这一类女性会稳稳地拿走男人的爱和金钱，她们很多让恩主给买相应的房子或茶屋，而且恩主晚上回妻子等待的家中时，还会说"回去好了，那东西不过是个空壳罢了"。

女士2 "空壳"吗？

渡边 说到底，那是一具在与自己的性爱中释放殆尽之后的躯体，她们自信爱已被自己吸取。她们认为，自己把燃烧的激情和金钱全部吸取，也得到了全部实质性的东西，所以回去好了。

女士2 可是那毕竟是特殊世界里的事。

渡边 话虽如此，"一具空壳"这种说法也是某一类女人的骄傲。

女士2 可是，妻子不会把回到家中的丈夫当作空壳的，对吧？

渡边 妻子会认为"你工作太累了呢"。（笑）

女士2 或许还会想："就算是空壳也罢，好歹回来了。"她们必定还会因为丈夫回到自己这里而感受到自己依然被爱着，发现自己对丈夫的价值。

渡边 所以说这取决于将价值标准置于何处。恋爱中的"果实"归根结底或许还是结婚，所以与其说想在偷情中收获果实很难，不如说想获得果实就不适合偷情。可是还有一种区别于此的回忆论存在。

女士2 那是什么？

渡边 例如，平成五年至十年，自己和那个人一起度过了激情燃烧的岁月，我能拥有那样充实而绚丽的五年就够了。也有这样的想法。

女士1 这个我很理解。认为那时候燃烧殆尽，因此心满意足。

渡边 这样的想法男人也有，哪怕在失败的恋爱中，最终女人逃离他或者大吵一架而分手，但他依然会认为那五年真是绚丽。以成果论来谈爱情，总是会说到结婚、金钱，但如果宽泛点从心灵存留这个意义上理解的话，也可以认为能拥有那么绚丽的回忆就好。单纯从成果论来谈论恋爱太狭隘，可是这种缺乏实质的话女性大多不喜欢。虽然她们依然渴望爱情，却还是硬要让男人离婚和她在一起，就算之后发展成毕生生活在 2DK 的小区房子里、终日相对抱怨的夫妻，也终是无奈了。（笑）

女士 1　可能的话，我要避免那样的人生呢。（笑）

盘算中的婚姻与纯粹爱恋的偷情

女士 2　可是我总感觉被老师您绕进去了呢。考虑到安定的话，入籍与否大约还是有天壤之别的。

渡边　的确，夫妻受国家保护。进入婚姻这一状态，哪怕丈夫死了，妻子也能得到一半财产。与之相比，恋爱关系中完全没有法律上的约束和保护，哪怕解除婚约，也几乎得不到抚慰金。偷情更甚。即便一个男人最爱的是婚外情对象，当他死后，对方也得不到一分钱。

女士 1　果然，婚外情的敌人是法律啊。

渡边　不在于这个，婚外情是没有保障的爱。不过也可以说，正因为如此反而会因激情而纯粹。因为没有任何担保，两人之间爱情消失，关系也就消亡了，所以可以说很纯洁。可是婚姻没有爱也可以持续，这也正是其形式化的证据。

女士 1　可是，没有保障的只是单身一方。就算偷情结束，已婚男性还可以回归原先平和的家庭生活，既不会受到任何制裁，也没有任何损害。

渡边 可是从男人的角度而言，维持不伦关系需要花费大量精力。为了在外面和女人交往，男人多半先要负担相当大的花销。即便超出那样的负担也希望继续保持关系，这里面含有某种纯粹性，虽然承认与否取决于女方爱的程度。

女士2 这一点女性或许也一样。发生不伦之恋是因为喜欢才和那个人在一起，没有了爱，马上就不在一起了，而且又不需要离婚。

渡边 婚外情大概可以说是相互浪费吧，是一种能量消耗，硬着头皮去做，虽然从法律上讲是不正当的，但如果仅考虑情感，或可说是相当纯粹的。因为联结双方的只有爱情，所以可怕归可怕，还是相当纯粹的。与之相比，婚姻里因为有了生活，纯度或许会浅淡。

女士2 哎？是吗？

渡边 结婚意味着将一生托付给彼此，所以无论如何都会加入一些算计。相亲就是最一目了然的，那个除了算计还能是什么呢？本人的好坏自不必说，还要包括家庭水平、学历、收入，当真生下这个人的孩子要不要紧等等，全部都要核实。在这个意义上，适婚期男女的恋爱最为可疑。（笑）要是有个二十七八岁的男人从一流大学毕业、就职于一流公司，女性哪怕不怎么喜欢，或许也会有相当大的概率去接近他。然而，有家室的中年男人和单身女性发生婚外情时不会怎么考虑对方背景，比如不会考虑男方家世如何，而且女性大概也不可能因为对方是一流企业里的精英就专门和一个自己讨厌的人建立关系。在这一意义上也可以说，婚姻的算计程度更高，而婚外情中爱的纯度更高。

女士1　在婚外情中只看彼此。

渡边　就是所谓情投意合吧？仅靠感性。

女士1　虽然在法律上被认为不正当，但如果只考虑双方感情的话，很纯粹。

渡边　这就是有人喜欢婚外情的最大原因。提到婚外情，世上虽然还有人会有不正当、讨厌、肮脏这一类印象，但不能完全那样说。

女士1　纯度高的爱情……

女士2　等一下，这样说的话，当事人或许很受用，但世上的妻子们会不接受的。

渡边　这是关于婚外情的话题，世上的夫人们不接受是理所当然的。怎么可能接受自己的丈夫和别的女性发生关系嘛。（笑）不过，我在这里只是想从另一视角对婚外情加以思考。我想，可以说那其中存在着另一种区别于婚姻的爱情形式。

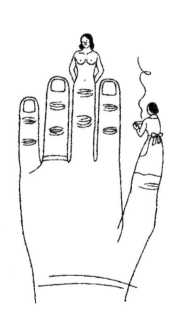

第六回

山盟海誓的女人和明
知办不到却依然起誓
的男人

女士1　前几天我们谈论过，说婚外情是纯度高的爱情。

渡边　是的。可以说，比起以结婚为前提的恋爱，它因为不含算计，所以纯度高。

女士1　但我还是不能理解。

渡边　你想说婚外情不好吧？

女士1　是的。

渡边　为什么不好？

女士1　背叛了结婚时对对方承诺的“只爱你”的誓言。

渡边　我想，发誓并非男人希望做的，只不过因为是老规矩，而且新娘喜欢罢了。当然，也有的新郎在那一瞬间陶醉其中而那样做。本来对神明起誓就是难以遵守的，这是相当勉为其难的约定。

女士1　可是既然约定了，就有责任嘛。

渡边　按常理是这样的。

女士1　妻子得知丈夫出轨，会受到伤害。

渡边　从雄性心理出发，还是认为男性就是要出轨会比较好。

女士1　被周围人发现之后，也会让父母和亲戚痛心的，孩子尤其可怜。

渡边　确实如此。可是，个人的爱其实和父母子女以及亲戚无关。况且如果因为出轨而把孩子卷进来，当父母的也太幼稚了点。

女士2　男性尽管只是拈花惹草，有时却会说“咱们结婚吧”，对吧？也有的女性会认了真，深陷其中。

女士1　既然没打算负责任，还是不要说那种话比较好。

渡边 婚外情开始的时候，估计不会有男人一开始就断然否定结婚的可能性。有时说这话是把它当作为发展成肉体关系而送的口头人情，在女性有意离开时，还会把它当成挽留的手段。当女人说"和你继续在一起也终归无济于事"的时候，有的男人就会说："等等我，我正在考虑离婚并和你结婚。"

女士2 这么重要的事情却当成口头人情来说，也太不负责任了。

渡边 与其这样说，不如说女人也必须看透那种事，而且女人也会说很多不可能实现的话。总之，男女之间发生的事是无法完全用正理概括的。也有时候是情急之下希望挽留对方而说，之后却不想付诸行动。置身于爱情的人说的话是没有保障的。结婚时说"我会让你幸福"，却无人能够保证做到。就算被指责"你怎么不负责任"也没用。（笑）这世上确实存在不怎么考虑就说那种话的男人，同时也存在大约与之相同数量的女人说话不诚实。明明说好了"会珍爱你一生"，却说出"没用的东西"这种话。爱情中的话语也就那么回事。

女士1 就算背叛对方的信赖和爱情也无所谓吗？

渡边 谁都不愿背叛，但只要是人，都会在某一阶段情感发生变化，想法也会改变。曾经疯狂爱过的女人会完全不再爱，结果就会背叛她。要刻骨铭心地记住人是易变的动物，冷静地接受变化后的事实，考虑以后的新对策，我希望有这种程度的明智啊。

恋爱是利己主义

女士2 妻子经常会谴责第三者吧？说那个夺走自己丈夫的女人可恶。

渡边 其实几乎所有的都是男的可恶。（笑）在妻子看来，与其说看上去是这样，或许不如说她们想这样看吧。不过在我看来，就算丈夫被情人夺走，这种事在一般的社会中也常有。比如有考试通过的人，就必定有落榜哭的人。人只要活着，几乎不可能不做加害者。得到某个男人就是对喜欢那个男人的女人的伤害。一个人恣意并个性化地生活就是对他人的伤害。若非如此，便会失去自我。

女士1 这是利己主义。

渡边 恋爱本就和利己主义表里一致。如果说到会不会给周围人添麻烦，绝对会的。另外，如果是不添麻烦的恋爱，那就少了热恋的实感，而且在外人看来也没有动人的力量。在这一意义上，可以说恋爱是极其自私的行为。这一点只要看看过去那些曾不顾一切谈恋爱的人便可知道。例如与谢野晶子曾瞒着父亲出其不意地离家出走，强行赶走铁干的妻子，取而代之赖着不走。（注：与谢野晶子是日本明治至昭和时期著名女诗人、作家、思想家，与谢野铁干是她的丈夫，二人为在一起皆抛弃家庭。）她给周围的人带来很大的麻烦，却明知如此还要坚持去爱，保全自己的人生。

女士1 那样做会幸福吗？

渡边 谈恋爱到那种程度的人是无可救药的利己主义者，但换言之,也可以说,他们具有明知伤害别人也能幸福的才能,也就是"利己主义者"这一才能。是选择压抑自己、尽量不给周围的人添麻烦地活着,还是选择哪怕给人添麻烦也要坚持自己的生活方式,每个人都有自己的价值判断。

女士2 我不在乎周围的人怎么想,自己能接受就好了。

渡边 这属于晶子类型,似乎会给周围的人添很大的麻烦。有的时候,我们不能否定坚持自我、保全人生的人。也有一些人认为这种生活方式很美好。与之相反,我想说在社会上不给任何人添麻烦、压抑所有激情、悄然平凡地生活的人生很好,可是那样的话,要忍气吞声的事也许会越来越多。从近代人自立自爱这一视角来看,

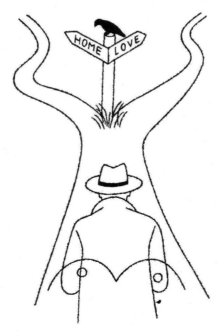

也有不少人认为这一类人思想陈旧。虽然经常有人说"过平凡的人生很好",但很可能会留下"真的吗"的疑问。

有"道"才会有婚外情

渡边　不伦之恋确实是麻烦又棘手的。即便男人也会认为,要是能抛却想和新的女人发生关系的欲望该有多轻松。可是人都有欲望,所以很要命。

女士1　可是,有欲望就不能忍忍吗?即便有机可乘,也想一下"在社会上会很不容易的"或者"对不起老婆嘛"之类……

渡边　你是说让他们放弃吗?

女士1　是的。

渡边　如果这样就能克制的话,就不是恋爱了。人不是那么逻辑性的动物。因为逻辑和理智无法弥补才恋爱,反之也可以说,正因为恋爱存在于逻辑之外才有魅力。

女士1　可是会后悔的吧?

渡边　会,但还是会乐此不疲。虽然明知从道德角度来说不能发生不伦之恋,但仅靠这个很难克制。

女士2　感觉不到还活着了。(笑)

渡边　就是这样。(笑)头脑里再怎么明白道德、伦理、常识这类东西,还是会有情感和欲望占上风的时候。"不伦"这个词的意思就是"背离人伦、人道"。有时"伦"="道",所以会有"不伦"。

女士1　说得对。

渡边　男人或许是一种总是要追求性爱的麻烦的动物，然而因为有制度和组织，很不好办。例如原始社会，其本身没有任何问题，强壮的雄性理所当然地和众多雌性发生关系、留下强壮的后代，男女关系在这一意义上或可说明快单纯，即所谓的强者理论通行，随着近代社会的确立才变得复杂。虽然一夫一妻制这一"道"被引入，但如果没有它，"不伦"这一概念就不会成立了。因为要求沿着这条道走，或者要求遵循这一制度，才会产生问题。

女士2　确实如此。人为什么要创造这种"道"呢？

渡边　我认为是因为便于治国和集结集团。纳入一夫一妻制，户籍井然，国民管理也就容易了，也不会不知道谁是谁的孩子了。总之，对当政者很方便，但这个"道"有点违背人的本能，也可以说，人被自己创造的道理逼迫到了痛苦的立场上。

女士2　您是说，即便违反人类创造的东西也不必过分苦恼吗？

渡边　如果遵循本能做事，就不需要"道"了，想发生关系的话，尽管去做好了。（笑）

女士2　想做的时候尽管去……

渡边　去没有"道"的荒野中！讨论婚外情是好是坏的理论能够成立的国家大概也只有日本了吧？

女士1　是吗？

渡边　在日本，恋爱文化基本还未取得市民权，只有平安朝的贵族尊重恋爱，后来到了武家社会，特别是江户幕府以后，对男女关系的约束变得严厉。法国从远古时代历经数千年，爱情一直拥有市民权，莫如说男女相爱是人生主要目的，无论夫妻与否，男女组合都被认为是美好的，自然不存在违反"道"之类思维方式。

女士1 先有爱，然后才有工作和生活。然而在日本，存在着爱是应该隐蔽的、性爱淫猥、应该感到羞耻这样的社会通行观念。暗地里流通着隐语、淫秽图片等，也有许多处理欲望的场所，表面上却说着道貌岸然的话加以遮掩。爱已取得市民权的国家和被认为应该羞耻的国家差别巨大。这样的主题被《妇女公论》采用本身大概就是日本在爱方面是落后国家的证据。（笑）

女士2 "婚外情好还是不好"这样的企划在法国是不能成立的。

渡边 大概他们会说"随你便"吧，因为他们的文化中，一对男女相爱是理所当然的。日本人无论何事都口称"纯粹的东西好"或者"要纯洁、正确、美丽"，人却更为复杂混沌。我认为要求人"纯洁正确"这一观点很幼稚。大概日本的社会准则太多了，比如到了二十五六岁就到了适婚年龄啦、孩子一两个合适啦。其实人最好有各自不同的生活方式，也许有人结婚生子，也许有人终生单身，还有人选择当未婚妈妈，要容忍多种多样的生活方式才行。

女士1 我经常被人问"为什么不结婚"，但我不会反问"为什么要结婚"，其实也可以问的，对吧？

渡边 还是什么都别问比较好。（笑）认可个人的情况、个人的生活方式，而且对此漠不关心，最好有这样的善解人意。不过，日本最近也在慢慢变化，就算婚外情，如今也不会像以前那样感觉

"偏离正道"了。我感觉实际上现在的日本人很少对婚外情感到莫大的犯罪感了。

女士2 无论男女,有机会都想恋爱,哪怕是不伦之恋也好。

渡边 也有的夫妻,两个人都用情不专,取得平衡。(笑)我认为今后不伦之恋会越来越多,因为"不伦"一词已经日常化了。

女士1 感觉上变了许多。

渡边 不过,有时候语言上有禁忌感也好,反而会因那种罪恶感而燃起激情。

女士2 现在还多少残留着那种感觉。不过,最近妻子偷情的也很多呢。我的朋友就是,老公说"今晚有工作,要住下",她却说"好幸运",然后去了情人那里。(笑)

渡边 我想,由于时代的氛围,婚外情渐渐被默许,甚至有人产生了这样的感觉,在日本,偷情的妻子比不偷情的妻子社会地位高。我想,在妻子们之间,偷情的妻子也会有一点优越感的。

女士2 还有男人向自己求爱,自己作为女人得到认可了嘛。

渡边 无疑到了已婚女性也能比从前更自由地享受恋爱的时代。不用一味忍受丈夫指手画脚、不用对丈夫的花心单纯忍耐的新妻子时代或许已经到来。

被左右的男人和不解的女人

第七回

女士1　我的朋友已经二十年没有男友了，她很苦恼。她明明性格很好，男性却不肯接近。

渡边　一般来说，男人引诱率高的是所谓的美女或天真可爱的女性。说到底，如果说在男女偶遇的第一阶段里男人看女人的哪里，首先是脸，然后是身材这类"外形"。

女士2　这么一说，在联谊会上也是，敞胸露腿、暴露程度高的女人受男人欢迎。

渡边　在这个意义上说，男人是单纯的。若是年轻腿长又活泼的女人穿上超短裙，男人大多会把持不住。

女士1　就是说可以给他们看吗？

渡边　当然。不过，如果看上去不美可就不好办了。（笑）问题在于男人先是被脸和身材的美所吸引，然后才看那个女的性不性感。说得易懂一点，就是想不想抱她。眼睛看得见的美任谁都一目了然，性感可就因人而异了。有人认为身材苗条的好，有人觉得丰满的好，胸也是，有人喜欢大的，也有人喜欢小的……

女士1　等一下，女性更希望对方看到自己的内在，比如性格、对事物的看法、知性或修养……

渡边　当然，开始交往以后，这些事情就变得重要了，但最初阶段，男人还是被脸蛋的美和外表的性感所吸引。虽然女性并不情愿，但这在某种意义上说是没有办法的。毕竟男人还有"另外一个我"。

女士2　另外一个我？

渡边 就是阴茎，暂且叫它"P君"吧。

女士2 哈哈哈……倒是蛮可爱的……

渡边 这个P君极其单纯，一见到漂亮女性，只消如此它就会勃起。

女士1 哎？只消看见吗？

渡边 是啊，勃起的力量无关于女性的性格好坏或修养。就算同性眼中性格很讨厌的女性，若男人觉得她看上去抱着很舒服的话，只消如此，P君就会起反应。

女士2 性格不好也无所谓吗？

渡边 自然，他们也讨厌性格不好的女人。

女士1 既然讨厌，就放弃嘛。

渡边 话虽如此，比起大脑，男人会服从P君的意志。特别是一开始，男人对未知事物性欲高涨，所以如果对方还算性感，且又似乎能够接纳自己的话，多数男人会去挑逗的。哪怕觉得这女人性格不好，或者看上去有点问题，P君要是说"我要去"，那也没有办法，只好说"那就去吧"。

女士2 难以置信。

女士1 就因为如此，后来才会有麻烦、会后悔的。

渡边 你说得对。因为听从P君，有时会招惹上很糟糕的女人，后悔莫及。（笑）当然了，如果太糟糕，P君也会意兴阑珊，但总而言之，P君与知性、地位没有关系。不是经常出现有社会地位的学者或法官在女性问题上纠缠不清或发生猥亵犯罪吗？

女士2　比如校长因偷窥而被捕。我想那种地位的人何至于。

渡边　就算地位高，但男人有很大一部分是受 P 君支配的。这种情况下的 P 君与其说是阴茎本身，不如说意味着以阴茎为中心的欲望。越是像法官和学校的老师那样平时被要求道貌岸然的人，那种欲望就越受到压抑。

女士2　对新闻的看法变了呢。

男人对好人没反应

女士1　这么说，外表漂亮的女性总是受追捧以及发生变态犯罪全都是因为 P 君了？

渡边　很遗憾，是这样的。

女士2　可是，自己的身体大脑能够控制吧？

渡边　做不到。再怎么让它"不要勃起"，在性感的女性面前它还是会任性地勃起，而且对有的对象，哪怕拼命命令它"快勃起"，它也勃起不了，不仅如此，有时反而会萎缩。（笑）

女士1　好过分。

渡边　对那些女人眼中人很不错的女性，P 君意外地没有反应。女演员中也是，越是女性好感度高的人，对男人越是没有吸引力。

女士2　比如哪种类型？

渡边　一般来说，在女性中有人气的相对来说多是滑稽角色，也就是有趣的女人，是那种任何事都口无遮拦、引人发笑的类型。

男人也会觉得那种女性有趣、开心、人好，但不会想去引诱她。男人是浪漫的动物，所以任何事情太直截了当的话，就会失去兴趣。就算女性性格好、很优秀，但如果他们觉得她外在不美、不性感，就不能打动 P 君。

女士 1　就算觉得那个女人很优秀也不行吗？

渡边　如果那个女人的裸体优秀就会勃起，人优秀的话，不会勃起。

女士 2　如果被那样的女性紧追不舍会怎样呢？

渡边　无论被什么样的女人说"喜欢"，感觉都不会坏。男人会觉得那个女人可爱，也会心怀感激地想："谢谢你喜欢我。"但如果可能，还是不希望两个人在一起。（笑）那种时候 P 君既纯真又

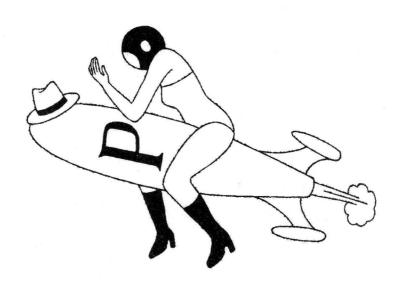

正直，对自己不喜欢的女人，再怎么命令它"喂，挺进吧"，它也会说"我不干"。（笑）相反，要是漂亮女人，它就会蠢蠢欲动……

女士1 这个能说是纯真吗？

渡边 在好色这一点上是纯真。无论你怎么命令它，它都会明确回答，不喜欢就是不喜欢。夫妻间的无性生活，原因也大多在 P 君。妻子很优秀，家庭也维护得很好，但还是不想和她做爱。

女士1 我讨厌这种。对不起。

渡边 男人也觉得抱歉，但是没有办法，哪怕妻子有要求，呵斥激励它说："喂，加油！"（笑）

女士1 就没有办法了吗？

渡边 要是有办法，也不需要辛苦了。不过这种事我再怎么解释，女性还是不能理解吧？

女士2 会认为："轮到我就不行了吗？"

女士1 会想："不行就是不爱我吧？"

渡边 但是并不是那么简单的。

女士2 不勃起不就是不爱了吗？

渡边 对男人而言，"勃起"和把对方当作异性来"爱"基本是一回事。做爱之后才会产生精神上的爱，而且性爱作为爱的绝对条件必不可少。不勃起就不能做爱，不能做爱就不能培养爱。没有性的爱，也就是柏拉图式恋爱，对男人没有意义。

女士2 女性完全想不到男人竟会如此受 P 君的支配。

渡边 或许吧。

女士1　我的朋友为了让自己有人追，费尽心力磨炼自己，又是学习技艺又是取得资格。

渡边　就算对P君说"我在○○考级中是一级"，也……（笑）

女人感受到的男性的性感

渡边　P君喜欢脸蛋漂亮、身材窈窕的女人。在这一基础上再稍微性感一点，就想上床。在会不会勃起的阶段，男人的甄别清晰，标准也清楚。但是在男人看来，女性的标准很难理解。她们认为"可以和这个男人做爱"的判断产生于哪里呢？即便所有人都认为是帅气优秀的男人，有的女人也不会那么简单地产生"想被他抱"的感情吧？

女士2　这个不容易。

渡边　男人觉得这一点很不可思议，他们搞不懂女人觉得男人什么地方性感。

女士1　我觉得给人清洁感的人好，性感就是清洁的感觉。

渡边　那就是每天泡澡，把身体洗干净就行了吗？（笑）

女士1　不是那个问题。

女士2　我喜欢能唤起我母性本能的类型，如果被人依赖，我就必须存在了。

渡边　可是，如果过于黏糊地依赖你呢？

女士2　还是会烦。

渡边　女性的标准模糊难懂。还有的男人因为女人说"我喜欢对我忠心耿耿的人"，便拼了命地尽心尽力，却根本不受待见。弄不到好处，还会被说"真讨厌"。（笑）

女士1　也有的一开始不喜欢，但在被人竭尽全力讨好的过程中却喜欢上了。

渡边　男人基本不会这样。这些是男人不太能理解的部分。嗯，总而言之还是所谓的"帅哥"招人喜欢吧。

女士2　说得是。

渡边　不过，若论是不是所有人都喜欢帅哥，也并非如此。帅哥占优势和漂亮女性占优势相同，但比起美女的优势，帅哥的优势就稍稍低了些。被人称作帅哥的男人也会意外地不招人喜欢。

女士2　在女性中有人气的男演员也有很多滑稽角色呢。

渡边　虽然感觉上男女都是从外形上最先嗅到彼此的性感，然后再进行判断，但比起男人的嗅觉感知度，女人的嗅觉感知度更难以把握，而且女性的个人差异很大。

女士2　看看我的朋友，也是兴趣各异。

渡边　所以我写得了"男人这玩意儿"，却写不了"女人这玩意儿"。（笑）

女士1　要是女人觉得对方"人不错"，与外表无关，她们也许会爱上对方。

渡边　或许男人看女性是把她当作爱的对象，而女人看男人，是把他作为爱自己的对象吧。她们会考虑对方有多爱自己，或者会对自己有多好。在这个意义上，女人或许因为没有 P 君而不纯洁。

女士1　我今天清楚了解到 P 君十分重要。

渡边　你能这样说，我很高兴，因为我希望女性理解这一点。不过老实说，不实际拥有 P 君，大概是不会懂的。男女能有段时间互换性别，互相取代就好了。（笑）

女士2　跟您借 P 君用几个星期。（笑）

女士1　拜托您了。（笑）

渡边　这个还是算了吧。借给你们，看样子会被你们狠命用、会被虐待的。（笑）

第八回

浅尝辄止的男人和
浅尝不止的女人

女士1　上回我们聊了男性看女人的时候，会先看外表和肉体。

渡边　首先是被脸蛋和身材这样的外表美吸引，性格和知性等内在美排在第二位。

女士1　所以有时才会在性爱之后后悔。

渡边　确实会有很多时候因为性格不合或与想象不符而失望后悔。这个男女可以说都一样，都在恋爱中伪装自己。（笑）特别是在发生性关系之前想得到对方时，男人和实际就是两种人格。即便是一个没怎么喝过红酒的男人，要是他想引诱的女人说"我喜欢喝红酒"，他也会附和着说"我也喜欢"。女性也是，会很乐意陪男人谈论他感兴趣的话题。

女士2　明明没兴趣，也会说"摔跤很有趣呢"。（笑）

渡边　脸蛋和身材从外表上看一目了然，但那个女人的真容必须上床之后才能了解。男人隐约会感觉女人化了妆、穿上漂亮衣服、装模作样的样子和真实的她有区别，虽然确实想和她做爱，却也可以说因为想知道她的真容才想和她上床。等真正做爱之后，有可能发现她和自己想象的完全不同。（笑）不过，女性也有和这相同的情况吧？

女士2　男人的目的总是做爱呢。

渡边　首先这个最优先。做过一次之后，目的暂且达成，也就放了心，安稳了。

女士1　一旦发生性关系，女人会比以前更迷恋对方的。

渡边　原因之一就是女人在对男人以身相许这件事上很慎

重……

女士 2　是吗？

渡边　女性以身相许，是因为已经相当喜欢那个男人或者对那男人有好感吧？我想，喜欢才以身相许，而越是以身相许越喜欢。

女士 1　若非感觉到对方喜欢自己，而自己也喜欢他，我是不想发生性关系的。

渡边　当在精神上已相当喜欢的时候再加上肉体上的亲近感，女性就会越来越迷恋。女性的心灵和身体里有着破釜沉舟的狂热和危险，正因为如此，她们在对象选择上也会很慎重，到以身相许需要很长时间。在男人看来，这一点很麻烦，总之他们认为尽早发生性关系才是最好的。他们引诱女人时会说"一次就好，让我要吧"，是吧？（笑）

女士 2　还会说："就让我要一下。"（笑）

女士 1　不能理解那种说法。

渡边　那种心情我很理解。不过，"求你了，就一次"这句话倒是男人不虚伪的心声。男人总感觉"一下"或者"一次"就好。（笑）丈夫为自己的花心辩解、对妻子说"就做了一下而已"也是这样，意思是说"就一下"，所以没什么大不了的嘛。

女士 1　那种想法无论对妻子还是对女性对象，都是不敬的。

渡边　你说得对，我明白这个，但这是男人的思维。总之，他们排第一的是达到和那个女人发生性关系的程度，哪怕最后只发生一次关系就宣告结束，他也还是想触及一下。

女士2　女性在同意和对方发生性关系之前会思前想后。若非自己想明白了，是不会接受的。

渡边　也许是因为要放入自己的身体，所以理所当然要严格审查吧。连进入外国时，入境审查都是相当严格的。

女士1　在答应之前，会从他的职业核实到交友关系。

渡边　男人也一样，他们会尽一切努力，设法让对方同意进入自己无论如何都想进入的国度，比如甜言蜜语或者送昂贵的礼物。

女士2　不过，其中也有人想偷渡呢。

渡边　也有的家伙伪造护照，所以不能疏忽。（笑）

女士1　审查还是要尽可能严格。

执着也是爱的表现之一

渡边　不过，就算入境方式稍有不当，但女性一旦放他进来，以后也就习惯了。会有这种情况吧？

女士2　一旦发生肉体关系，就算觉得有些不情愿，也能原谅的。

渡边　本来对方或许是获取目标，但男人也可能一不小心反被对方纠缠，不让出境了。（笑）因为很多时候不想只在那个国度里久居，所以这回又得倾尽全力逃脱。（笑）

女士1　女性一旦发生过性关系，就会认为两个人的关系进入不同的阶段了。

渡边　这个男人也一样啊。

女士 1　是更深层的关系。

渡边　女性中经常有人只发生过一次性关系，便想告知周围的人："这个人是我的男朋友。"

女士 2　男人中也有这种，会说"这是我的女人"。（笑）

渡边　有的有的。不过，男人即便发生过性关系，也不会像女性那样迅速陷入其中。倒是年轻时这种居多。

女士 2　越是恋爱经验少的女性越容易对只以身相许过一次的对象执着不放。我有一个朋友，因为发生性关系之后男友变得冷淡，便执拗地追踪不放。

渡边　跟踪狂也是的，男人追踪不肯和自己做爱的女人，而女人追逐发生过性关系的男人，这样的案例居多。噢，发展到这种程度的都是极端案例，男人大多也并不讨厌被女人迷恋。虽然他们会觉得有点烦、有点累，但被人迷恋本身还是令人高兴的，因为有人如此爱慕自己。其中还有继续发展到结婚的例子。

女士 1　哪怕对方是自己只想"稍微一下"的人吗？

渡边　因为被人紧追不舍是爱的表现之一，男人似乎也希望如此。虽然会感觉"真烦人啊"，但多数情况下还是希望保持这种关系的，特别是萎靡不振、希望听到温柔话语时，就会打个电话撒娇。他们唯一发愁的是女性迷恋得过了度。

女士 2　到底是欢喜还是心烦呢？

渡边　这是个程度问题。要是女方在性格上十分执拗或者缠住不放，他们就会觉得沉重。因为对方过于无微不至也会让人有点累。

女士 2　无微不至也不行吗？

渡边　那个本身挺好，可是如果稍微看看旁边，就会被人拍拍脸说"不行，看这边，你只能看我"的话……（笑）

女士　明白了。和我约会的时候，我希望他只看我一人。

渡边　男人往别处看，未必总是在看别的女人，有时就是想有自己的时间才往旁边看，即使被女人说："我那么想你，你也只能想我一人。"（笑）女性总是把"我这么爱你"当作免罪符逼迫对方，

但这只是女性角度的逻辑。在男人看来，他们有时候也想说："既然你爱我，那就也请考虑下我的心情，给我一点自由。"总之，男人的爱再怎么强烈，或许也比女性清醒一点，有抽身而退的余地。这大概是雄性的习性吧。

受精时的精子和卵子讲述了一切

渡边　世上虽然有人哪怕只发生过一次性关系，也会认为以后应该守护这个女人或者对她负责任，但说到底那是女人的道理，对男人或许有点苛刻。

女士1　可是这符合女性的本能。女性一旦发生过性关系，就会希望以后也保持关系，因为发生性关系应该就是爱得深。

渡边　这一点是男女之间最大的问题点。有时，女人因为发生关系而迷恋，而男人因为发生关系而冷淡。前面我也说过，男人欲望最高涨时就是第一次与那个女人做爱的时候，他们很多在那一瞬间欲望最强，随后渐渐降低。而女性在第一次做爱时，虽然也有和喜欢的人结合的喜悦，却也有诸种不安和担心，肉体上的快感淡弱。不过当他们反复与一个男人在一起时就会被开发，渐渐觉得好起来。

女士2　这样一来，感情也会上涨。

渡边　男人一开始性的欲望强烈，看到迷人的女性便想做爱，而且一旦实现，无论精神还是肉体在那一刻都会获得巨大的满足感，实际上也可以说，那种强烈的性冲动就是使人类生生不息地繁衍至今的原动力。如果男人像处女一样只有淡薄的性欲，人类肯定早就灭绝了。在这个意义上说，雄性想不顾一切地发生性关系就是种保存的原点。这一点用显微镜观察精子与卵子便会一目了然。

女士2 哎？精子和卵子吗？

渡边 受精时，无数的精子争先恐后地拥向唯一的卵子，它们凭借巨大的能量一边互相攻击一边抢着冲破卵膜第一个挤进去，而卵子只是在乖乖等待，而且等第一个到达的精子进入的瞬间，就会把大门紧紧关闭。

女士2 真严格……

渡边 因为女人的性是严格挑选进入对象的"选择型"。

女士1 从一拥而上之间挑选最好的吧？

渡边 是的。相反，男人看见女人便想不顾一切地冲上去。如果精子也像女性一样，止步不前地考虑"这个卵子如何呢"或者中途折返，那就永远不能受精了。似乎最近想要强行冲向女性的男人减少了，如果没有了驱动雄性的强烈性冲动，人类再过一两千年或许就从地球上消失了。

女士1 可是女性为什么会执着于发生过一次性关系的男性呢？

渡边 女性在接受男性方面很严苛，而且容易执着于一个男人，我想这与生孩子有关。如果女性像男人一样，随时和任何人都想做爱的话，怀孕了也不知道孩子是谁的了。而且男人也不具备基本的体力和能力在腹中酝酿孩子十月之久，还要忍受巨大的痛苦生产。

就凭男人的没有耐力，会全体希望流产逃走的。造物主准确地给男女分别分配了男人的工作和女人的工作。

女士1　女人的工作就是守候与酝酿吗？

女士2　感觉非常伟大。

渡边　男人和女人对于种的延续都承担着重大责任。男人的任务基本上是尽可能地冲向许多雌性，播撒种子，所以就在这一瞬间，世上的男人们依然在说"一次就好"，引诱女人。（笑）

PART
2

男人的杂念 女人的独善

女士 2：一九六三年生于东京。四年制大学毕业之后就职于出版社。二十五岁那年与工作中结识的男人结婚。婚后继续工作，三十三岁时离职去美国留学两年。丈夫没有反对，告诉她要"好好努力"。回国后因两人同时"有了别的喜欢的异性"而离婚。之后做自由编辑和撰稿人谋生。离婚后在男女关系上进展不顺，现在没有男友。三年前在出版社的派对上偶遇渡边先生。当初她对渡边先生的印象是"高高在上的著名作家，写男性上位恋爱和不伦小说"，通过这次对谈，转变为"对女性的信口开河和攻击无限宽容、理解他人谈话的实力派成功人士（在工作和恋爱上都是）"。只不过在对谈开始前对全体男性抱有的信赖和尊敬，在开始之后数月间转瞬崩塌。她在四十一岁里怀着"也许已经很难再真正坠入情网"的隐约不安，却依然因天生容易一见钟情而时常吃苦头，飘摇不定。

第九回

亲热前温柔的男
人和亲热后深情
的女人

渡边 上次说过，女性的性是严格挑选凑上来的男人吧。

女士1 入口狭窄，审查严格。

渡边 然而这样的女性在和男人发生肉体关系并习惯了之后，态度也会大转弯。

女士2 怎么转变？

渡边 会急速迷恋上。

女士2 那是因为越发喜欢的缘故吧？

渡边 有这个原因，但这里的"迷恋"，说的是迷恋做爱。女人一旦与一个男人熟悉了，也会积极地要求性爱。

女士1 哎？是吗？

渡边 一开始迟迟不肯以身相许，或者发生关系后也依然态度克制，但是会从某个时候起渐渐喜欢上性爱，变得所谓淫荡。起初只是要求接吻或者做爱，渐渐会加深对男人的要求，比如会说："今天换个不一样的做法吧……"

女士1 我不会提那样的要求。

渡边 当然，或许会因人而异，但我想女性中也有很多人清楚这一倾向。很多时候性方面的主导权会在中途逆转，即便是男人强行要求发生的关系，女性也会在中途变得积极和露骨。开始会说"被你看到赤身裸体会害羞"或者"关上灯吧"，而过一段时间之后就会逼迫对方说"你多看看我"。（笑）为了让自己激情燃烧，极尽快感，会提出各种各样的要求。就连SM那样的游戏，一开始主动要求的或许是男性，但中途女性就会开始要求。

女士1　怎么会……

渡边　在男人看来就会觉得不可思议，为什么在上床之前那么严苛克制的人会变成这样……

女士2　这么说来，朋友每天晚上都被妻子缠着做爱三次，累惨了。他一开始分明说过"我太太讨厌做爱"的。

渡边　一旦超越某一条线，女性就会贪婪地满足自己的欲望，淫荡的程度远比男人强烈。通常都说女性在性方面比男人克制，但在床上什么表现也只有当事人自己明白。你们在这一点上……（笑）

女士1　我可不会那么混乱。

女士2　男性周刊杂志上倒是经常登载那种小说。

渡边　那可不是漫天胡说，现实中有，才会写。

女士1　可是，是不是做了很大程度的夸张呢？

渡边　这倒不是。堕入无限色欲地狱的还是女性居多，这一点看看阿部定的供述也就明白了。她写到自己在吉藏面前大大张开两腿，说："你把○○放进去，再用筷子夹出来吃掉"，吉藏说那个"很好吃"，就吃掉了。

女士2　那是个极端的例子。

渡边　当然是这样，但女性的性就是如此深邃且罪孽深重。虽然也有的男人会因为这样的要求没了兴致，但吉藏却因为被这样要求而感动，两个人越来越疯狂。

女士1　因为男性喜欢，女性才这样做的吧？

渡边　也有这层原因，但男人会在中途害怕这样做的自己。大约男女陷入深渊的时候，多半是男人被女人拖进去的，而且完全被女人占有的男人最终的结局是悲剧性的。吉藏虽然也想着和这个女人在一起会完蛋，却不回家，和她一起滑入深渊，最终当阿部定对他说"我要杀了你"时，回答说"好吧"。

对女性的骤然改变感到吃惊的男人

女士1 男性对女性的这一部分怎么想呢？

渡边 会变得半是喜欢半是害怕。他们会一边认为上帝真是创造并赐给了自己尤物，一边会有堕入无底的十八层地狱的堕落感，同时也会感到某种幸福。

女士2 无底……吗？

渡边 一旦女性开始主导性爱，就会没完没了。在进入女性这一大门之前一直以猛烈的能量向前冲的男人，一旦进入其中，看到某处无底的沼泽，也会畏惧。于是他们就想悄悄抽身却步，却已为时晚矣，会被女人拉回来，说："哪里去！"（笑）

女士1 随心所欲地出入其中，这也想得太美了呀。

渡边 话虽如此，这个只有进去以后才能明白。总之，女性一旦混熟了，就会迅速没了羞耻感，发生巨大的变化。男人一开始会很粗暴，但不会发生那么大的变化，所以一开始很克制的女性发生变化之后的落差会让他们觉得恐怖和不可思议，而且被过分露骨地要求时，P君也会萎缩。

女士2　P君不喜欢"露骨"吗?

渡边　比较而言,它喜欢略微抗拒或者带点克制的感觉。突然被人握住,要求它"打起精神来",它也提不起精神的。(笑)不过,在女性热衷于性爱的时候他萎缩了可不得了,反过来会遭到迫害的。(笑)

女士2　那是当然。

渡边　在性方面欲求如此强烈,就有可能在日常生活的诸多方面同样有欲求。

女士1　我的一个朋友,每次建立肉体关系几个月之后,男性对象就会逃走。

渡边 虽然男女问题只有他们本人清楚，但如果女方要求太强烈，男性就想开溜，这种例子或许并不少。遭到过分激烈的要求，男人就会有点想抽身却步，会说"我们到此为止吧，请原谅我"，或者"请你赶紧让我自由吧"。

女士1 要是那么厌烦，一开始就不要往沼泽里看就好了嘛。

渡边 可是，因为看了才明白。而且女性之所以会变得那样淫荡，是因为非常喜欢男性对象，并不是所有人都会陷入无底的沼泽。虽然没有比和所爱男人发生关系后、品尝到快乐滋味的女人更可怕的了，但男人在年轻时也不会知道这么多，即便有点岁数的男人，若没有那方面经验也是不会明白的。男人之间交谈，也能很快明白一个男人没有到过那边。

女士2 那边……

渡边 就是说他一直隔着篱笆缝儿看沼泽。和真正喜欢的男人做爱，快感加深时也会想"再来一次"吧？

女士2 会想。想和喜欢的人融为一体，穷极快感巅峰。

渡边 这样子关系加深之后，就会说"再陪陪我、再和我缠绵会儿"，到早晨都不想放他走。（笑）

女士2 就是想待在一起嘛。

渡边 男人要是说"我得赶紧去公司了"可就糟了，会被追问"我和公司哪个重要？"（笑）一切都按照女性要求，就只能永远待在一起了。

女士2 男人没那种想法吗？

渡边　女人的快乐无限宽广，而男人的欲望在某种意义上以射精结束。那一瞬间是快乐的顶点，之后便会急速萎缩。所以射精之后没过多久，他们就能冷静下来去公司，去公司以后，既能提高生产效率，也能维持经济生活。要是男女一起追求无限的快乐，人类转眼就会灭亡了。上帝为了不至如此，才有限地创造了男性的性。

女士1　也就是说，因为男性的性容易清醒，所以才不会加深吗？

渡边　我的意思是会加深，但是有限，而且年轻时也没有一味加深的余地。只是眼前摆个裸体女人就会兴奋，会急急忙忙地行动，插入、射精，没有体味快乐的从容。当然，男人也会随着年龄增长，到达射精花费时间变长，也相应变得好色，但是与无限追求快乐、有时竟至堕入色欲地狱的女性相比，其生理形式不同。虽然都说"男人胡乱追求女性，没有节操"，但在容易清醒不深陷这一点上，也可以说远比女性有节操。（笑）

男人和女人同样罪孽深重

渡边　这个话题，无论男女都有人懂有人不懂。

女士1　《妇女公论》的读者中也有不少人说讨厌做爱这件事本身，好像即便和丈夫发生关系，也希望早早完事。

渡边　读者当中随着年龄增长到三四十岁才懂得的人也越来越多，不过，也许有相当多的人终生没有那种疯狂的经历。

女士2　知不知道还是有很大差异的呢。

渡边　虽然女性中有人说"男人不干净"或者"下流"，但自己又如何呢？（笑）男人一味好色只是在对新女性的时候，所以只是挑出男人的这一部分横加指责，大概是因为还没看到后来吧？若是考虑到女性中潜藏着的淫荡和无边无底的沼泽，就不会那么片面地说话了。

女士2　我没那样想过。

渡边　女性在所有事情上基本都是比男人激进的动物，要是喜欢上一个男人，就会纠缠上来，一旦越境，便会疯狂追求性爱，有着将男人的世界掀个天翻地覆的激进。

女士1　这样说来，从前听人说过火山上住着女神。

渡边　古代的人也认为，将山破坏、将天地整个掀翻的正是女性。（笑）特别是原始时代，或许因为男女关系自由，男性有许多机会得以见识女性的可怕。这个在性以外的方面也是一样，男人在所有事上都持有中庸感，认为"这样就行了吧"，而女性呢，性爱自不必说，抨击他人时也会毫不留情。

女士2　比如"绝对""反对"等等。

渡边　在所有事情上都要追根究底的特性稍一变化，就会与极度好色结合在一起。

女士1　我依然不相信自己体内有无底的沼泽。

渡边　暂不说应该为此高兴还是要不要相信，或许把它当成自我警惕提前感知会更好。虽然与众多女性发生关系的男人经常会被人抨击为好色，但如果换一种角度，应该表扬他"相安无事，做得不错"。

女士1　我完全做不到对此好评。

渡边　或许吧。（笑）不过，我希望你们明白，罪孽深重的不仅是男人，女人也是一样。

女士2　可是女性只对特定的人好色啊。

女士1　要是想将爱发展到极致，我也会变成那样子吗？

渡边　能不能变成那样另当别论，身为一直带有某种可能性的动物，性欲很强这一点总之是可以肯定的。

第十回

在意体形的女人和
只想好色的男人

女士1　最近我周围剩下不少三十五岁至四十来岁的女性，她们独身，也蛮漂亮，性格也不错。大家都说"已经不再年轻，男人不再往前凑了"。

渡边　因为男人基本是对年轻漂亮且新奇的女人发情。

女士2　不年轻就不行了吗？

渡边　确实很多男人追求年轻的肉体和肌肤，还有说"喜欢水手服"的。（笑）但是在这些条件里，对男人而言，最撩拨他的还是"新奇"。男人说"那个女人很出色"时，是指那个女人对自己很新奇、新鲜。旁观者眼里的妻子再怎么出色靠谱，熟悉以后也就感觉不到欲望了。正因为如此，四十岁也好，五十岁也好，如果还算有魅力，且具备勾起男人兴趣的新奇感，男人是会被吸引的。

女士1　可是世上的男人经常说"年轻的女人好"。

渡边　这种情况下的"好"，指的应该是年轻的身体和充满活力的紧致肌肤，或者年轻女性特有的矜持与羞涩。

女士2　还是说年轻的身体好嘛！

渡边　男人确实有看年轻女性裸体、抚摸充满活力的肌肤的愿望，但是这很难称之为恋爱。首先，再怎么年轻，如果没有矜持感和羞涩，发生一两次关系之后男人也就没了兴致。

女士1　是吗？

渡边　如果两个人之间没有或可称之为精神性的能谈到一起的要素，男人也会不满足的。他们觉得一个女人出色，其中也包含那个女人的背景和谈话之间了解到的知性和修养之类。在这一点上，倒还是四五十岁的女人更丰富。

女士2 要是这样，我感觉年轻女性会不受欢迎。

渡边 再怎么出色的女人，交往时间长了，性方面的热情也会下降。这种时候就会突然想对年轻女人下手。特别是中年以后的男人都有妻子，因为早已对妻子厌倦了，有时会希望和与妻子不同的、年轻有活力的……

女士2 "和妻子不同"这种说法失礼了。

渡边 对不起。（笑）但是还是有那种差别的吧？男人希望得到新的刺激，稍微品尝下不熟悉的、新奇的感觉。男人是那种不断四处转悠的动物，却几乎不会就此进入很深的恋爱关系之中。丈夫并无意和新恋人保持持久的关系，而是打算稍微尝一口就回来的。但是妻子发现后，就会猛烈谴责他说："你果然还是喜欢年轻女人呢。"

女士1 可不就是那样的吗？

渡边 不，只是有时候想看看紧致的肌肤而已，他们打算有机会就看两眼，然后很快回来。（笑）也许很难让女性理解男人的这种轻微的花心吧。

男人通过取悦对方获得满足

女士2 女性从三十五岁以后就会非常在意身体曲线的变形，比如胸部下垂或者小腹赘肉。

女士1　许多人讨厌被人看见那个，所以无法奔向恋爱。

渡边　我想，这是女性自己太过纠结于外形了。

女士2　是吗？

渡边　当然，肯定是不变形更好。但是男人不会像女人想的那样纠结。而且就算身材走样，四五十岁也并不会太走样吧？实际上，如今这个年龄段的女性还年轻漂亮嘛，而且这个年龄段的话，谈许多话题也是愉快的，人也有了灵活性，有许多出色之处吧。

女士1　那么女人没必要为保持体形而拼命了吗？

渡边　努力注意的态度是好的，但我认为没必要那么拼命，因为与之相比，对男人而言更重要的是性。男人固然享受性爱的快乐，但那一刻，女性对象能感受到快感和喜悦比什么都让他们高兴。在这一点上，性成熟的中老年女性远比年轻女性更具备官能魅力。

女士1　可是您上次说，要是女性沉溺于性爱、要求无限时，男人就会讨厌的。

渡边　这是程度问题。要是每天待在一起的妻子那样做，是会疲倦的，但如果偶尔见面的女性满足于自己的行为、对自己淫荡，还是欢迎的，男人的快感也会因此进一步加深。或许随着年龄的增长，性爱的幅度增大了吧？比起单纯的射精，看到自己主动追求的女性喜欢的样子，自己也会进一步得到满足。

女士2　我从没那样想过。

渡边　因为随着年龄增长，女性在性方面会更加贪婪地追求快乐。（笑）高潮起来便会堕入无边无底的沼泽。可是男性正相反，随着年龄增长，在这个层面上会成为对方的观察者。倒也不是身体的观察者，而是观察对方有多喜欢自己做的事情，自己能给那个女人多大的影响，通过了解这个进一步得到充实和满足。女性随着性的成熟会变得以自我为中心，与之相反，男人会看重自己能多大程度地取悦对方、让对方满足，他们最在意的是这个。

女士 2 是吗？可是我交往的那个人以自己为中心。

渡边 你好可怜。（笑）这也要根据年龄，年轻时男人也是以自己为中心，转眼工夫就高潮了，根本没有取悦对方的从容，但基

本上男人是通过女性得到满足，自己也得到喜悦。这个绝不仅限于性爱。男人建豪宅、定制高价家私也基本上不是为自己，而是为妻子。

女士2　的确，得意洋洋地炫耀豪华厨房和卧室的是女性呢。

渡边　男人打造那种东西并不怎么快乐。不如说建了那样的房子，就不得不直接回家，很麻烦。（笑）他们之所以即便如此也要做，仅仅是想取悦妻子和孩子。男人也是一种悲哀的动物，他们通过这样子见到女性高兴来确认自己的存在价值。为和恋人一起去旅行而硬着头皮买一等座也是一样，他们希望因此被夸赞了不起。可是女性遇到一次好事之后，下次的要求会变本加厉，变成无底的沼泽。她们会说："这次住酒店，下回带我去一流旅馆吧。"于是，稍稍降低一下就不得了了，（笑）她们会说："去年过生日去的是高级饭店，今年怎么变成了烤鸡店了……"

女士2　这也降格太多了。

渡边　哎呀，也是。（笑）不过，女性的要求就是如此无边无际。都说销售员很不容易，常常会被经理要求提升业绩，而女性对男性的要求总是在提升，没完没了地要求高出前一年。

女士1　男性就不会这样子不断提高要求吗？

渡边　正如我刚才说过的那样，在恋爱期间男性会为女性的爱加深而高兴，在反复做爱的过程中女性越来越激情，对男性也会越来越拼命地尽心尽力。男人希望看到所爱的女人渐渐沉溺于和自己的性爱中，变得越来越淫荡，即便如此，要求已成家的四五十岁的男人"每天都要"或"一天两次"，也还是不好办。因为男性的性爱有限，被频繁要求做爱是会疲倦的。这种时候，哪怕是说谎也罢，男人希望对方说"你不用那么勉强的"或者"虽然我想马上见到你，但还是会忍忍"。我认为在这种层面上，某种程度上也是年龄大的女性更具备温柔包容男性的包容力，所以也更出色。

和年轻女性做爱出人意料地不好

女士1　不过，我觉得一般的男性并不明白中年女性的好处。

渡边　男性对象自身不成熟的话，不会明白。偷窥高中生裙子底下的男人本身就不成熟。

女士2　并没什么的。（笑）

渡边　他们不知道，比起年轻女性的内裤之类，和成熟的女性做爱要美妙多少倍。爱玩的一类人里倒是有不少男人很清楚这些事。事实上，四五十岁的男人即便和二十多岁的年轻女性发生关系，大多也会很快回到妻子身边。男人们之间聊起来，也觉得还是年龄大点的女性更出色。这个说到底还是因为和那个女人之间的性爱丰富充实。

女士1　和年轻女性不行吗？

渡边　从性爱这一点来说，年轻女性意外地没意思。

女士2　哎？是吗？

渡边　可能是因为尚未到花期，或者性方面还未成熟的缘故，她们在感受快感这一点上要迟钝。搞不好还会像金枪鱼一样，没有任何反应。(笑)和女高中生交往的男人花了大把的钱,结果却被对方说:"大叔,你完事了吗?"(笑)总之,和年轻女性做爱没滋味,有点煞风景。用料理来比喻的话,就像漂亮外观,却不怎么美味的怀石料理(注:指茶道中品茶之前聊以果腹的简单餐点)那样的东西。

女士2 还是肥滋滋的烤牛排好。(笑)

渡边 尚未成熟的男人另当别论,如果仅仅摸摸年轻女人的肌肤、看看裸体,男人很快就会厌烦。因为皮肤紧致的年轻女孩子也有很多缺陷,所以许多男人认为,与其让那样的女孩子折腾,还是能温柔地接受自己、反应丰富的中老年女性更好。

女士2 这话听着顺耳。(笑)

女士1 我还以为男人都喜欢年轻女性。

渡边 某种程度上说,女性在性爱上的喜悦会随着年龄的增长加深。在这个意义上说,中年女性的感受性远远更为丰富。这些女性喜欢做爱,被称为所谓的"好色"。因看见年轻女孩子的照片而喜欢上,这类事情发生在好色之前,只是毛小子时。我想,人妻之中也是有过生产经验的女性性敏感度极好。

女士2 是吗?

渡边 或许孩子这样的庞然大物在阴道内通过,精神上也会因此骤然改变,阴道本身也会放下心,获得纯粹感受上的游刃有余。

女士1 可是既然如此,还是和妻子做爱不就行了吗?

渡边 这一点很困难,因为妻子满足不了"新奇"这一条件。

女士2 那可怎么办?

渡边　和别的人妻发生关系。（笑）

女士1　这种情况将来会很麻烦呢。

渡边　原则嘛。（笑）同样是中年女性，如果有一个妻子以外的中年且淫荡的女人，大多数男人都会被勾起色心。总之，中老年女性最好更有自信一点，因为她们确实拥有年轻女性不具备的或可称之为性感丰富的另外一种肉体美感。许多男人憧憬、沉溺于此。

女士2　这是个喜讯。

女士1　至少我不会再为身体曲线耿耿于怀了。

渡边　只是我想，过于疏忽大意，身材无节制地走形也不好办。（笑）

第十一回

因年龄而绝望的
女人和不因年龄
绝望的男人

女士1　上次老师您说过，中老年女性应该有自信。

渡边　因为她们有年轻女性所没有的魅力。

女士2　可是我依然认为年龄越大越难以恋爱。

渡边　我却觉得年龄大了，对待对方的感情和交往方式会相对从容，能拥有美好的恋爱。

女士2　可是又不想让人看见自己的裸体……

渡边　要是对那种事耿耿于怀的话，就谈不成恋爱了。

女士1　男人就没有那种感觉了吗？我倒是经常听四十岁上下的人说，感觉体力和性都衰弱了。

渡边　和年轻时相比，体力当然会下降，但这个年龄段大概几乎不会对性能力产生不安吧。就体力而言，也不是要表演杂技。（笑）比起体力和年轻之类，男人的勃起更受精神方面的左右。工作不顺而产生压力，被同伴瞧不起或被上司责骂、失去自信、认为"我不行"时，害怕、不安时，无论十几岁还是二十几岁，都照样不能勃起。

女士1　哎？是吗？我还以为什么时候都没问题呢。

渡边　那是因为你认识的都是些没问题的男人。（笑）男人要是觉得"今天好像不行"，也不会挑逗女人。男人要想阴茎勃起，所必需的是对自己和对对方的自信，所以工作上一帆风顺、自信满满的男人许多在性爱方面也精力充沛。

女士2　没想到还与工作有关。

渡边　因为对男人而言，工作是决定自己价值的第一要素。这方面呈上升趋势的男人会因此砰砰勃起。（笑）特别是四五十岁的男人，通过反复实践，也建立了对女性的自信。我想那个年龄是最为从容、最能享受性爱的时间段。

女士1　男性或许如此，女性却不一样。一个四十五岁左右的朋友说想把恋爱的心情封存起来呢，说是这样的话，即便男人不往前凑也不会受到伤害。

渡边　这样子自己划上界线可太浪费了。（笑）几乎所有的男人都不在乎年龄，只要有漂亮的女性，他们就想做爱。只是日本人胆小得很，而且存在道德因素，所以对人妻下手不合适，而且结了婚的男女交往，会被人说成"双重不伦"，加以指责。

女士1　你看，还是不行吧？

渡边　要是那样想，中年的恋爱就不成立了。在日本，中年以后，双方或者任何一方已婚的例子比比皆是。日本人太在乎体面了，经常会说"我儿子考大学复读两年了，真丢人"，可是问他在谁面前丢人了，却是隔壁阿姨什么的。（笑）说"一把年纪了还谈恋爱，丢人"也和那是一样的。我想，或许还是抛开那种想法，更坦诚地面对自己，会生活得更快乐。

女性也得花钱

女士2　不过我觉得，要是定下来"女性到这里结束"，也许倒是轻松了。

渡边　这种想法男人也有。与其不招人待见、惨兮兮的，还不如早早装作上了岁数、倚老卖老好。这种叫做"提前装大叔"。

女士2　那是什么意思？

渡边　装成比实际年龄老的样子，宣示"我已从世上吵嚷什么'喜欢'或是'讨厌'的维度空间毕业，要去另一个维度空间了"。做出这种姿态，就算不招人待见也能大致保住体面。

女士1　也有的男性不必那样做，随着年龄的增长，自然而然就会变得古雅有味道。

渡边　那种男人百里挑一。现实中几乎所有的男人都在黯淡地老去，受到女性的冷遇。

女士1　可是男人因年龄增长，从年轻女性到熟女，交往对象的幅度反倒是宽了。新闻上也常看见年轻的女演员和比自己年长二十岁的男人结婚。

渡边　因为少，所以才报道吧？大概年轻女性不会那么简单地被中年男人俘获。

女士1　可是六十岁的女性和四十岁的男人结婚的案例就更少了。

渡边　确实，比较女性的六十岁和男性的六十岁，待遇或许是有所不同，但那是因为男性付出了相应的努力。

女士2　相应的努力？

渡边　首先那一代男性在女性身上花钱了。

女士2　这个……

渡边　尽管女性希望和年轻男性交往，但几乎不会主动承担经济负担吧？

　　女士1　或许不会吧……

　　渡边　可是和年轻女孩子交往的男人为此要投入大笔的金钱，又要给她买礼物，又要请吃饭啦，带着去旅行啦，或者竭尽全力帮她在工作上安排好职位啦……他们要倾尽全力讨女孩子欢心。而上了年纪的女性不会这样做，只是一味问："我为什么不受欢迎？"（笑）

　　女士2　可能是女性一直保持着年轻时的意识吧，不会想到自己要尽力。

　　渡边　男人二三十岁时，也会有傍有钱女人这一选项，但到了四五十岁，差不多还是会切换脑筋。（笑）

　　女士2　女性永远希望被人追逐。

　　渡边　因为光考虑自己被人爱。（笑）可是现实中不

会一直那样被追逐。到了中老年，无论男女，如果一味等待对方来找自己，便很难抓住机会。男人们因为对这一点刻骨铭心，才会对喜欢的女性百般献殷勤。女性如果也肯做那样的努力，我想也会进展顺利的，可是自己出钱的女性只是一小部分而已。

女士1　可是用那种方式就能吸引年轻男性吗？

渡边　我六十多岁的女性朋友里，就有人舍得对年轻男性花钱。或者请他们吃饭，或者帮他们买夹克，因为她对他们非常尽力，所以周围三四十岁的男人总是络绎不绝。

女士1　可是那种关系是钱买出来的吧？

女士2　那不是真爱。

渡边　你们要是那样说，那就一切无从谈起了。爱这玩意儿，无论契机起于不伦，还是用钱买来的，后来都有可能变为真爱。在电影中，那种单方面紧追不舍的关系也有很快发展为深爱的吧？反之，若问看上去单纯的爱情是否会持久，其中也有很快离婚的例子。我认为，与其空论好与坏，还是创建入口更重要。

女士2　可是这种情况下也是男性更轻松啊，因为喜欢年龄大的男人的女性多。

渡边　确实是这样。喜欢年长女性的男人没那么多。不过正因为如此，女性才更应该花钱。我想，如果克服了这一步，往后就是女性要轻松得多了。

女士2　为什么？

渡边　女性并不怎么希望和男性对象做爱吧？反倒是只需一起

吃个饭、听自己说说话、温柔地守护自己便可得到满足。自己说"喝个酒吧"，对方马上飞奔而至，或者问他"我今天的衣服好看吗"，对方就会夸自己"真漂亮"。刚才说到的那个女性朋友也会满足于那样的关系，享受每一天。但男人在年轻女性身上花钱，是因为想和她发生关系，光是这样也许就很麻烦了。

女士2　确实，到了六七十岁，或许就不想做爱了。

渡边　到了那个年纪，也有很多人希望保持愉快的恋爱关系，所以这种看开了的关系也容易成立。经济上宽裕的女性也有这样的选择项。

无论多大年龄都希望怦然心动

女士1　男性上了年纪也依然想做爱吗？

渡边　这个至死不会改变。男人无论多大年纪，都一味看、听、想象诸如裸体、阴毛、巨乳之类与性爱联系在一起的事物。当然，看见漂亮女性就想和她发生关系。可以说对男人而言，爱就是性爱。正因为如此，他们才会为得到它而努力，甚至花钱。

女士2　可是老大爷们经常说"已经没那个心思了"。

渡边　那纯粹是撒谎。身体虚弱的人另当别论，多数老大爷只是装作如此而已。说得极端一点，他们对自己的儿媳都会抱有性方面的情感，夸赞说"真是好媳妇"，其实有机会是想发生性关系的。（笑）婆婆也是一样，对女婿很温和的吧？

女士1　这样说来，女上司对男下属也更和善，说话时会提高音调或换做撒娇的语气。

渡边　反过来，男性上司对女下属宽容。凡此种种都是希望给异性留下好印象。无论男女，都常有希望被异性喜欢的心情，而且终生不会改变，但是表面上却要装作没有那种感情。

女士2　是吗？那我还得小心老大爷了呢。（笑）

渡边　这是当然。可以说越是上了年纪的老大爷，越会因没有伴侣而饥渴，所以很危险。（笑）这一点上了年纪的女性也是一样。

女士1　这样说来，也有人追逐冰川清志（注：日本男演员）。

渡边　这完全是恋爱代偿行为吧。

女士1　在那种事上女性也会花钱的呢。北海道呀、九州呀，跟着音乐会会场转。

渡边　女性只消和冰川清志愉快地说说话就能得到满足。不过，如果她们完全不顾体面，有机会和他发生性关系的话，那发生关系的人会有很多吧？（笑）上了年纪，对待恋爱就没有社会规制了，即便被人知道了也不会失去什么。就算对钻进大妈被窝的大爷说"降职"，他们应该也早已不上班了。（笑）

女士2　这样一来就会为所欲为。

渡边　"为所欲为"听上去不好，但那种情感无论男女永远都有，所以可以说人类是固有的。过了六十岁，没有性的恋爱也能成立，而且从这个意义上说，这就成了精神恋爱，女性或许也容易接受。

女士2　男女关系多种多样呢。

渡边　是啊。无论男女，都应该听从自己的内心和身体，想怦然心动，无论何时都可以怦然心动。

女士1　感觉今天像是变成了六十岁。

渡边　你明白了吧？六十岁也好，七十岁也好，花儿都还会开放。

女士2　想今后会让花儿开到多大年纪，自己就觉得害怕。

渡边　旁观者也害怕。（笑）因为男女关系会随着年龄增长变得更加丰富多彩。

第十二回

希望得到别人好评
的男人和能够自我
完善的女人

女士 1　今天我想问的是，对男人而言，"工作"有多重要？

渡边　这个问题有点不好理解啊。

女士 1　哎？哪方面呢？

渡边　因为对男人而言，工作几乎就是整个人生啊，有多重要现在没必要再说了。

女士 1　可是人生包括许多方面，比如生活、娱乐、社交、恋爱……

渡边　那些当然也重要，但都是在工作顺利的前提之下，还是工作先行。

女士 1　在女性看来，想不通为什么会那么看重那种东西。

渡边　原因之一或许是因为那是自己存在的证明，为了留下自己在这个世上生活过的证据而工作，之二可能就是支配欲了。任何一个公司里必然都存在支配者和被支配者，男人都希望自己成为支配方。这个可以说是所有的雄性共同的本能，如果拼命工作并取得成功，就能站到支配侧。

女士 2　也是为了钱和利益吧？

渡边　那方面也有，不过那是后来附加上的，男人本能中占第一位的依然是支配欲。他们相信，如果那方面能得到满足，无论在精神还是肉体上，甚至在恋爱关系中都能取得优势地位。

女士 2　可是不可能所有人都成为支配者啊。

渡边　没错，但他们希望能在自己的势力范围内支配。比如在公司中，有社长、董事、部长、课长这样的等级，希望在各自的部门中自己说了算，进而在家庭中，也想支配妻子和孩子。即便在家里做不到，也希望在外面的公司里自己说了算。反过来，不能发挥支配权的男人的确会失去自信，越来越弱。

女士2　因被裁员而消沉也是因为那方面原因吧？

渡边　是的。如果完全没有什么可以支配，有人甚至连自己的存在都会感觉没有意义，因而自杀。这种挫败感或许女性不太会有吧。

女士2　女性就算被降职，也会因此感到愉快啊，因为可以早点回家，或者闲下来可以干点什么。

渡边　也就是说，与男性相比，女性对各种生存环境的适应能力较强。这是女性的坚强之处、厉害之处，但在男性看来，会认为没有任何可支配之物，也没有地位，竟然还能活下去！

女士1　没有不是活得更快乐吗？

渡边　这话也有点道理，但是长年累月生活在纵向社会的男人们不可能那样子转换脑筋的。退休后的男人骤然衰弱，也是因为失去了可支配的事物。如果非要替这些男人的思想辩护的话，也可以说正是因为他们总是怀有这种社会上升欲望，所以才能生产出新的东西。比如汽车制造商开发出别致新巧的新车、纤维公司生产出前所未有的高科技面料，归根结底都是因为有比别人爬得更高的愿望，那种欲望转化为产生独创的力量。在创造力方面，女性被认为总有一步之遥，或许就是因为比男人少了那种上升欲望。

女士1　不对，我认为女性也有足够的创造力！不过女性或许的确不那么渴望往上爬。

渡边 总之，男性是种希望在各自世界里成为第一的动物，所以他们希望被人说"要是让你来做，你就是第一"，对吧？

女士1 可是如果这么在意"第一"的话，那么对当上第一的人的嫉妒自然也会强烈吧？

渡边 当然。特别是关系到工作，没有比男人嫉妒更深的动物啦。哪怕是同期进公司的好友，一旦发生职位之争，马上就会关系恶劣，想找对方点纰漏拖他后腿之类事情司空见惯。恋爱上的嫉妒和这个相比不算什么。

女士2 哎？是吗？果然跟工作比起来，爱的地位要低吗？

渡边 我想，与其说低，不如说一旦得到地位，爱自然就如影随形了。比如男人被要求与社长千金结婚，就会随随便便抛弃恋人。电视上也正上演着那一类电视剧，现实中也有那种例子。还有的男人和并不喜欢的千金订了婚，却拿甜言蜜语哄恋人说什么"我喜欢的是你，结婚以后咱们也继续交往吧"。

女士2 那种情感难以置信。

渡边 可这也是男人的真心话之一，超越了善恶。老实说，他们会觉得职位比爱重要，也会想先把职位拿到手里再去找她。而实际上有的女人会趋向地位和金钱，认为"那样也好"。

男人几乎不会为女人的正确见解所动

女士1 也就是说，男人可以为了社会地位做任何事情了？

渡边 这个嘛，法律上构成犯罪的事不太妙，除此之外吧。

女士1 女性不会希望通过极端手段站到支配侧。

女士2 是的，不希望。

渡边 不过，女性对支配者也会发牢骚或不满吧？这可能也出于自己站在不用负责任的立场的缘故吧，比如不断说上司坏话之类事情，如果站在工作能否做好的立场去说倒也罢了，但女性大多是出于感性喜恶才说的吧？

女士1 或许也有感情因素，但更多的是生理上的喜恶。通常女性在工作上首先考虑的是要做的事情，而不是地位和支配之类。女性表达的是积极的意见。

渡边 我确实承认这一点，但女性的意见往往过于正确，仅凭意见正确是打动不了男人的，况且女性的话语有时对男人有点太直截了当了。像田中真纪子那样过于清晰表达好恶的话，在男性世界里必定会遭受排挤。她要是没有权力还好，一旦大权在握，大家就会一起动手把她拉下马。大家会团结一致违抗命令，也不传递信息。

女士1 那样做就不会受到良心的谴责吗？

渡边 还是因为认为这人不行才把她搞掉，所以或许太不会有。相反，如果对方是任何人看来都强有力、无人能战胜的角色的话，就不仅不会把她拉下马，还会反过来巴结她。

女士1 果然。（笑）好卑鄙。

渡边 确实卑鄙，但那也是生存竞争。不过你们即便听了这种话，也不会躬身践行吧？

女士 2　我只会想"啊，是这样啊？"我不会做那么龌龊的事，也基本不知道方法。

渡边　方法类似于驯猫，感觉就像温柔地抚摸，慢慢地。或许可以说是深谋远虑吧，从远处慢慢地施展谋略。

女士 1　难以理解。

渡边　相反，男人难以理解女性竟会顶撞上司说"我讨厌那个人"。男人虽也有喜恶，却不会因此直接口出怨言。电视剧上有时会出现说话正义凛然、被女性喝彩"真帅"的男人，但那个不太现实啦。

女士 1　男人为什么不说呢？

渡边　简单说来，一旦因此被降职就会鸡飞蛋打。说得极端一点，一个男人的未来也可能会因此终止。失掉了职位，自己描绘的梦想也不会实现了。

女士 2　是说让他们随波逐流吗？

渡边　我说的没那么极端。即便眼下凭着自己的良心试图进行某种反抗，也绝对不会反对。暂且当退则退，伺机而动。在这一点上，男人意外地有耐力，因为他们终生在谋取工作和地位。

女士 1　终生吗？为了地位？

渡边　这叫"雌伏数载"吧？

女士 2　"雌伏数载"是什么意思？

渡边　寄希望于未来，暂且隐忍静待，等上五年、十年，也许就能见闻于世。

女士2　啊，女性或许不会。

渡边　因为不会，所以才不知道这个词。（笑）

女士2　女性不会那样子花上数年进行谋划。

渡边　可是女性中也有运筹帷幄的人啊，她们是公司所有者之类，通过经验得知在男性社会中要想取得成功，仅凭正直和努力是不行的。

女士1　无论别人对我说什么，我都不想扭曲自己、谄媚讨好别人。

渡边　这个虽然是正理，但只要还在组织里，仅靠这样的思维方式很难。与其那样，不如暂且忍耐，等自己在那家公司里有了像样的职位，再慢慢重新来过。地位上升，理想也就可能变成现实。就连做杂志也是，如果对现在的做法不满意，或许也只能等到自己哪天当上主编，才能做自己喜欢的企划。而且如果留下那样的足迹，退休之后也可以说"我做过那么有趣的东西呢"。为了实现目标，眼下暂且忍耐，筹划有一天能得到像样的职位。

女士1　比起那些，我觉得单纯地通过在工作中取得实绩得到认可就好。

渡边　可是，如果现实中上司对你不满意，你提出的计划再好，或许也会被驳回。而且现在的人事关系也不是绝对的，潮流随时会变，静待时机，向强有力的人靠拢。因为人终归还是喜欢亲近自己的人。

女士1　啊，女性可能把男人想得单纯了。原来他们一边工作，一边那样子对周围观言察色呢。

渡边 所以男人才会在本职工作上开小差。（笑）

女士1 啊，果然是这样呢，真让人吃惊。

渡边 男人在工作上开小差，却相应地在人事上倾注力量。

女士1 这么说，男性要是认为"这个不行"，就会等待下次的人事变动什么的。

渡边 在那之前不置可否，适当应付。或许这一点在家庭中也是一样，要是觉得这样不行，马上就不卖力了。

女士1 这样不尊重人，我还是希望正面面对。

渡边 即使妻子大喊大叫"你也不管家里，光顾工作，真差劲儿"，男人也会默默忍受，希望过上三十分钟就能结束。他们会使劲儿忍耐，等妻子的怒火散去……

女士2 妻子做得过分了。可是这样会火上浇油。（笑）

渡边 那个也有极限，所以他们在等待过一会儿对方的能量消耗完之后自己疲倦。

女士1 真讨厌。（笑）他们把女人当成什么了？

渡边 可是他们没办法反驳啊，因为价值观的方向性完全不一样。就算被质问"工作和家庭哪个重要"，爬坡期肯定还是工作更重要了，可是他们因为害怕，不敢那样说。（笑）

许多男人认为得不到社会评价等于白忙活

女士1 我很清楚了,总之对男性而言,工作很重要。

渡边 男人为如何在自己选择的世界中出人头地赌上了一切,他们因此看重他人的评价,且必要时也会把别人一脚踢下去。

女士1 女性的话,会听从自己的热情,一个人奔向目标。

渡边 一个人奔向?怎么做?

女士1 不去竞争,自己创造些什么。

渡边 如果是为了获得爱或生孩子,那样是可以的,但在多人群聚的社会里似乎行不通。

女士2 所以自己的评价自己来决定嘛,自己理解就好。

渡边 这样可以吗?男人只要得不到社会评价,就等于白忙活。

女士1 男性为什么如此在意他人的评价呢?

渡边 反过来说,女性为什么能做到以自己为中心呢?

女士2 女性把自我满足放在第一位,然后有结果就好。

渡边 满足?哪方面的满足?

女士2 因做到这一步而满足,因快乐而满足。比如喜欢陶艺、制作器皿,女性在做的过程中也能沉浸其中,做好之后心情愉快,自我感觉作品不错。

渡边 哪怕没有任何人关注,甚至有时还会被人说"不怎么样嘛"也无所谓吗?(笑)

女士2 没关系呀。

渡边 这可真是了不起的自我陶醉啊。

女士2 不过，这样就能自我完善了。

渡边 某种意义上或许很幸福。

女士2 绝对如此。（笑）

渡边 哎哟哟。

女士2 编辑杂志和书也是，完成之后，会觉得完成得颇为不错……

渡边 自得其乐。可是男性很难理解这一点。对男人而言，自己当然明白好与不好的标准，但还是希望同时也能得到周围人的好评。具体说来，编辑一本杂志，也希望卖得火爆，公司也能获利或者获得世间好评如潮等等。对于自己做的事情，男人基本上不会觉得自我满足就好。一辈子只去钓鱼和打高尔夫，就不可能觉得"啊，我的人生好快乐"，还是必须有人给予好评才行。唉，也就是说男人就是这种社会动物。

女士1 这么说来，男人打个高尔夫也对名次耿耿于怀呢。

渡边 就连跑个步，得了倒数第一也不可能开心。

女士2 说是"重在参与"……

渡边 那是因为如果把男人扔在一边不管，他们就会竞争不止，只是为了遏制那种事才这样说罢了。

女士2 或者拿不出成果的人会那样说。

渡边 只是找个借口而已。不过女性不在乎客观评价确实很棒。（笑）确实，津津乐道"我老公很优秀"的绝大多数是女性。无论

怎么看，就算这话稍有点过头，（笑）独自一人就能获得满足，从某种意义上说很幸福。（笑）

女士1　今天听了您的一番话，突然觉得希望一直做女人了。

渡边　怎么说?

女士1　既不用运筹帷幄，又不需谄媚他人。

女士2　自己的评价自己就能搞定。

渡边　果然，你们果然都是女人中的女人，（笑）今天的话题对男女差异的讨论超过了以往，很好。

第十三回

男人的功利心和为其煽风点火的女人

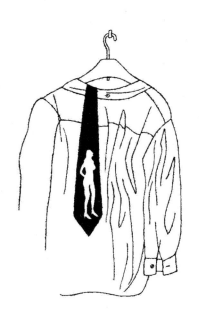

女士1　老师您上次说过，男人为了得到社会地位不择手段，自那以后，我看职场男性的眼光都变了呢。（笑）

渡边　可是我觉得女性也有责任。

女士1　哎？怎么说呢？

渡边　女性也喜欢有地位、有钱的男人吧？

女士2　这么说上回也说过的，被金钱和地位俘虏的女性有很多。

渡边　金钱自不必说，很多女人因男人送了名牌礼物而被俘虏。看上去没太有品位的男人却有美女相伴，其背后估计就与大量的金钱撇不清关系吧。不过，从某种意义上说这也是自然，毕竟交往的男人不同，约会地点和礼物内容都会有所不同。我想许多女性都会讨厌老是请自己去小酒馆的男人。

女士1　或许吧。有物质欲望强的人，但也有认为男人只要善良、有爱心就好的女性。

渡边　要是那样真让人高兴，但女性被仅是温柔体贴却没有金钱和地位的男人俘虏的几率相当低吧？就说你们吧，要是总吃拉面或咖喱饭，也会抱怨说"偶尔也带人家去高级点的店嘛"，对吧？

女士2　我既想吃法国大餐，也想吃天妇罗和寿司。（笑）

渡边　目前仅是交往阶段还好，等到谈婚论嫁，女性的严苛可就非同一般了，应该会考虑社会地位、收入、学历、前途，会从所有方面来衡量男人吧？

女士1　可是我认为对方的人品、思维方式、是否情投意合更重要。

渡边　这是自然，但如果仅凭人品选择对象，我想就不会产生"三高"之类说法了。（注："三高"指女性择偶时对男性提出的三项高要求，分别指的是高收入、高学历、高身高。）女人喜欢地位高的男人，是因为自己可以享受由此产生的诸多附加获利吧？除了可以获得经济富裕的保障，还可以得到社会信用、尊敬，甚至来自同性的羡慕。

女士1　但不是也有的女性认为只要有爱就好吗？

渡边　当然不能说没有，但可以说相当少或者是临时性的。要是现实中自己丈夫永远都是一名普通职员、一生都要被迫过贫穷的生活会怎样呢？女性动不动就批评男性的功利心，但自己是否能做到终其一生去爱一个诚实的、因总是对上司直言不讳而被降职甚至被解雇的男人呢？

女士2　想象中感觉很美好，但实际上或许难以做到。（笑）

女士1　这种女性很多呢。

渡边　大多数妻子都会抱怨说"都是拜你所赐，让我一辈子都住在这么狭小的公寓里"吧？（笑）因为男人还爱着女人，所以为了得到那个女人的好评，便会把获得社会地位和经济上的富裕放在首位来考虑。

女士2　可是现在发生了很大的变化，年轻男性中也有许多人并不想取得支配权，而是希望轻松地生活。

渡边　确实这种男人越来越多了。过去的日本，有经济实力和地位、要求女性俯首帖耳的类型受欢迎，但最近认可能抚慰下班后的自己的温柔男人的女性多了起来。和比自己年轻的男人结婚的女性越来越多或许也是这种表征之一。总之，不在乎地位和收入的男人也不会向权利阿谀奉承，或许可以称之为正义凛然、诚实，但不知女性可否想得通。

女士2　您的意思是……

渡边　一般而言，女性嘴上那样说，其实追求的却是其他东西。你们现实中会给既没有地位又没有金钱的男人好评吗？请你们扪心自问。

女士1　重要的是人品、是生活态度，我会依此来评价。

女士2　我……不会呢。

渡边　这些地方女性也是形形色色，也可以说狡猾吧。（笑）要是女性肯跟随自己，男人也能放心地改变，然而现实意外地冷酷。女人嘴上一边说"我不能原谅为了出人头地去讨好上司或者暗地里耍阴谋"，却又一边对自己的丈夫或恋人说"你什么时候能当上课长啊"之类的话，从这些地方看，我觉得女性也够自相矛盾的了。

女士2　这样一说，可能真的比男性自相矛盾得多。

渡边　要是女性说"你去奋斗吧，只要是为了你的信念，我贫穷一生都无妨"，男人或许也会改变生活方式，但现实是……

女士1　男人的功利心背后有女人的自相矛盾。（笑）

女人想让自己的丈夫看起来比实际形象伟岸

渡边 我理解你们想谴责男性的心情，但在这之前，女性或许也应该反省一下自己。听听太太们之间的谈话，许多人都会炫耀自己丈夫的地位，说"我老公是○○商社的部长""我老公是△△银行分行行长"。要是被问"你老公呢"，便会得意洋洋地回答："哦，我老公是上市公司的董事。"（笑）

女士2 "我"和"我老公的地位"混淆了。（笑）

渡边 我想无论男女，在虚荣这一点上都没有大的差异。听听婚礼上的致辞就会明白。来宾轮番上场，拼命讲新郎将来会多有前途，对吧？新娘也会听得心花怒放。可是想想看，"将来有前途"

也包含着"擅长讨好当权者、狡猾地生活"这层意思。

女士1、女士2　哈哈哈……确实如此。

渡边　而且，想让自己的丈夫看起来比实际形象伟岸的女人也很多。比如，有的女人说"我老公是活跃在著名杂志上的摄影师"，实际上她老公无业，赋闲在家无所事事的时候居多。即便自己老公根本没有工作，女人也绝对不会说"我老公无业"。

女士2　希望老公"是什么"或许是爱情的见证嘛。

渡边　但如果仅是纯粹的爱情，那就应该接受男人本来的模样，不必对人说谎了吧？女性动不动就说什么"喜欢诚实温柔的男人"，但如果只要诚实温柔就好，那就无关丈夫的工作和地位了吧？但如果问她"你老公呢"，女人必然要加以粉饰。在这层意义上，女性也相当在意社会地位。嘴上抱怨着"男人只在乎事业的成功"，可自己又怎样呢？

女士1　大家也都有必要思考一下自己怎样。（笑）

渡边　女性说自己的评价自己决定，但轮到自己丈夫，却依然在乎外界的评价，是吧？这也是为了想说明我这样的女人和一个这么优秀的男人在一起。也有的人认为，对丈夫的评价甚至会决定对自己的评价。

女士2　在在乎对自己的评价这一点上，男女是一丘之貉。

渡边　哎呀，怎么这么容易就想通了？（笑）

女士1　我不是，我想不通。我之所以不结婚，就是因为不想用自己老公的价值衡量自己的价值。因为我不想给男性的功利心和权力欲推波助澜。

渡边　你把话说得这么干脆就有说服力了。可是你们结婚了吗？

女士2　我没有，其实结过的，又离了。

渡边　这么清楚，真好。我想你们因为不想过讨好丈夫的生活，所以不结婚或离婚。

女士2　当然。

女士1　我很在乎那方面。

渡边　你们真是果敢啊！（笑）

女性更擅长自我肯定

渡边　你们要是结了婚，会不会也会声称"我家老公是才华横溢的插图画家"呢？说"他在《妇女公论》上画插图呢"。（笑）

女士1　准确说来，或许是——他想画。

渡边　我倒不是说这有什么不好，人本来就是虚荣心强的动物，虽然做法不同，但男人和女人都希望维护面子，只不过可能男人比女人那种倾向强一点吧。而这种事在社会上也是得到认可的，所以就明确表现出来了。公司退休的男人里有这样的例子吧？比如有人会说"我在那家企业里干了那么大的事业"之类的话，或者说自己拥有强大人脉，凭借自己的力量成功攻克难题。

女士2　有的有的。随着年龄增长，话说得越来越大。（笑）

渡边 即便如此，也是有可以引以为豪的经历的人要更幸福。因为有多少丰功伟绩可讲可能是男人人生成功的标尺。

女士 1 可是我认为比起他干了什么，一个人拥有什么样的信念更为重要。仅仅爱面子可不光彩，如果没有信念的话。

渡边 这个嘛，大家都是有信念的呀，只不过在岁月中慢慢被吞噬掉而已。每个人都有自己值得一提的东西，最近的自传史风潮就是如此，NHK 的《课题 X》正是那一类典型。人为了证明自己活着而工作，以自己的方式思考一生中做过些什么，而且如果按照那样的方式工作，家人的评价也会改变。丈夫活着的时候，妻子会抱怨"你丢下家里人不管"之类，但丈夫死后，也许就会自豪地说"我老公为修建青函隧道贡献了一生"。就连孩子也可以说"我爸爸为了修隧道……"

女士 2 连子孙后代都影响到了。（笑）

渡边 我想在这一点上，普通的工薪阶层都是一样的，会说"我当营业部部长那会儿进行了机构改革，取得了极大的业绩，为公司做过贡献"之类的话。杂志的主编在退休后也会珍视自己编辑的杂志吧。

女士 2 会时不时回头重读，感叹自己工作做得不错。（笑）

女士 1 这不就是自我满足吗？

渡边 人如果没有自我满足是活不下去的。说到自我满足，我常常收到这样的女性读者来信，说"我谈了场惊世骇俗的恋爱，所以请把我的故事写成小说吧"。（笑）这与其说是自我满足，不如说是自我陶醉吧。

女士2 比起修隧道，女性更希望通过恋爱让人生登峰造极。

渡边 这话有理，不过人都希望肯定自己的人生。回望人生时，并无一事值得骄傲的人十分无奈，便希望给平凡的事加以好评，比如夫妇偕老，活到九十岁之类，说自己虽然平凡，却很幸福。若非这样想，大概就无法自我完结。

女士1 自我完结有那么重要吗？如果非要让我说的话，我感觉没什么呀。

女士2 与之相比，还是现在、这一瞬间更重要，比如现在吃的米饭味道不错。

渡边 哈哈哈哈……严厉的人和现实的人同时存在才有趣。特别是现在，说吃的东西重要更能打动人心啊。（笑）的确，女性活在每一个瞬间里，并不在意整体是否合乎逻辑。在这层意义上，男人也许对自己和自己的人生持怀疑态度。我这样的生活方式可以吗？我的想法错了没有——他们会总揽全局，不断思索并烦恼着。

女士1 那种事女性当然也会有啊。说是在思考，其实还是因为男人的虚荣心在作怪……不过我觉得我果然没有错。

女士2 我觉得我确实是首尾一致。

女士1 我想我抓住了真理。

渡边 女性自己或许就是真理本身，所以男人与女人的矛盾渐次浮现，对谈于是得以成立。（笑）

第十四回

女人梦想的丈夫和
男人渴望的妻子

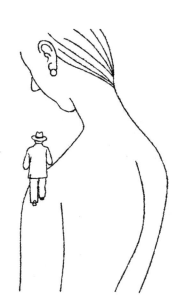

女士1　上次谈到了女性一旦结婚，也会要求对方的社会地位和收入，那么男性对结婚对象有什么要求呢？

渡边　简单点说，可能就是外在容貌吧。因为男人总是考虑社会上的虚荣和面子，所以希望娶到的妻子被公司同事和上司夸赞"你太太真漂亮"。再理想一点的话，如果是大家闺秀、教养良好又有素质就再好不过了。

女士2　没有恋爱感情也无所谓吗？

渡边　男人当然希望热恋后结合了。不过并不会有那么美好的偶遇，所以既然恋爱困难，那就通过相亲来找到条件差不多的对象。因为相亲完成了对对方的事先调查，基本的背景有保障。

女士2　瞄准安全线呢。

渡边　因为考虑结婚时的男人出人意料地保守啊。我想，仅仅因为狂热的喜欢而冲向结婚的例子意外地少。

女士1　有计算在里面。

渡边　我想那个确实存在。也可以说正是因为有计算在里面，其组合才认真。因为婚姻不同于恋爱，会长时间持续，外表和感觉之类暂且不论，甚至还要考虑到她成长于什么样的家庭、有什么样的感受性、之前有过什么经历之类。

女士1　您说过女性对结婚对象严苛地进行估价，男性也够可以的了。

渡边　这是当然，认真嘛。不过理由不仅仅像许多女性那样，希望通过对方的经济实力和前途来保障自己的生活。他们想的是，对方的一切都会影响到继承了自己基因的孩子，妻子的外貌、头脑乃至性格都会影响到孩子。因为男人结婚的目的之一就是留下自己的后代，所以不能不认真。

女士2　是吗？女性不会考虑那么多，虽然也想要孩子。

渡边　也许因为与女性相比，男性自身的存在感更淡薄，所以才会那样想。因为"虚"，所以才渴望留下"实"吧。遗传基因被继承实际上也可成为自己存在的证明，假如有了孙子，自己活着的记忆就暂可留在这个世上一百年左右。你们大概也还记得自己的爷爷吧？

女士2　噢，还记得。

渡边　话虽如此，自然并非所有的男性都意识到了这一层。一般说来，男人想结婚的最主要原因是在当今社会上，那样做被认为理所当然，所以当没有了那层压力，或许越来越多的男人会不结婚吧。再者，想结婚的另一个原因是想要一个安定的性爱对象。说得更直白一点，是想将喜欢的女性牢牢地圈住据为己有，虽然结了婚就不做爱了。（笑）这个另当别论。总之，多数男人认为婚姻是独占契约，所以一旦注册，男人就会认定自己可以对那名女性随心所欲了。

女士1　自己的东西吗？不能那么随心所欲。因为妻子也有自己的人格。

渡边　你说得对，但男人深以为然。如果是恋爱关系，那个女人也许随时都可能被别的男人抢走，而且也不能想见就见，于是男人就有了进一步组建家庭，希望天长地久的愿望。男人首先希望牢牢占据自己喜欢的女性，然后再和那名女性生儿育女，建立理想的家庭。

女士1　理想的家庭是什么样的？

渡边　或许可以称之为以自己为中心的堡垒吧，就是大家都尊敬自己、顺从自己的小集团，是可以感觉到自己也能因此得到保护的地方。男人希望通过自己的血缘来构筑它。

女士2　听起来似乎都是为了男人的方便呢。

渡边　说到底，这是支配方的理想，现实中行不通。不过，因为男人在工作中消耗了大量精力，所以才会渴望在家中那样子。嗨，实际上那种家庭几乎不存在，或者不如说也有许多丈夫反而变得更渺小了。

女士2　还有许多成了妻子的堡垒。（笑）

家庭是男人的扬帆基地

女士1　可是因为现在夫妻同时工作的情况增加了，丈夫独占优势地位不那么容易了吧？

渡边　话虽如此，可无论妻子有多大的经济能力，既然对方加入自己的户籍，男人就会在一定程度上把她看作自己的所有物。这是日本的传统价值观，是长期以来培养的感觉，没那么容易改变。

女士1　所有物？如果男人站在相反的立场，被女性做同样的要求，又会怎么想呢？

渡边 不能忍受。（笑）

女士1 女人也不能忍受。

渡边 因为说出来会吵架，所以男人把它当成心声悄然藏于心底，自信一旦结了婚，就会比妻子有优势。如果妻子是全职太太，那种意识就格外强烈。所以男人希望家庭内的事情以自己为中心展开，比如想睡就睡、想吃就吃。而且男人希望在工作上倾注最大限度的精力，所以既然结了婚，就希望把生活相关的一切交给妻子，自己一心扑在工作上。因为家庭对男人而言类似于扬帆基地。

女士1 这可是和女性想象的婚姻完全不同呢。女人之所以结婚，是希望和所爱的人在一起共同生活。既然通过婚姻实现了那种愿望，就希望两个人今后一直相互关注。

女士2 就是就是。晚上一起吃饭、一起看电视，互相聊聊今天发生的事。

渡边 几乎所有的男性回到家以后，并不想面对谁，而且累的时候也不想和妻子说些没用的话，他们反而觉得，想沉默的时候就能让自己沉默才是家庭。几乎所有的男人都希望工作以外的时间能一个人发发呆，即使在家中，也希望离妻子远点，漫天胡思乱想或者读读书。

女士1 就是说不想陪妻子说话吗？

渡边 我想这种丈夫居多。因为男人大致上是一种不擅长长时间持续做同样事情的动物。父亲经常喊儿子"喂，○男"，和儿子练棒球接球，但练上二三十分钟就不想干了，即便儿子要求"爸爸，再练一会儿吧"，也难以做到陪他一两个小时。夫妇间也是一样，男人希望在自己方便的时候应付几句，随后由自己去。

女士1　我似乎理解那种心情呢。老是被人黏着，确实会感到厌烦。

女士2　嗯……可是，"方便的时候"是什么样的时候呢？

渡边　比如肚子饿了、想做爱了的时候。（笑）

女士2　果真如此吗？（笑）

渡边　还有想让帮忙照料家务的时候。男人虽然讨厌被纠缠，却也讨厌被彻底放手不管。必要的时候还是希望对方在身边好好照顾自己的。那种时候，男人会以对方照顾自己多么无微不至和多么由着自己任性来衡量她对自己的爱。

女士1　照顾的程度居然是爱情气压计吗？希望男人也能看到更加不一样的爱情。

渡边　多数男孩子自小就在母亲无微不至的照顾中长大，所以长大以后也希望那种感觉继续延续，很大程度上这会成为衡量女性爱情的准绳。

女士1　这么说，男人既希望妻子对自己尽心尽力，同时却又想被放任不管。一切都是自我本位，自己方便。

渡边　说得任性一点，就是要与自己具体时候的情况配合。男性经常渴望妻子是个温顺的女人就是因为这个。温顺的女人不会唠唠叨叨，会让自己随心所欲，还会对自己尽心尽力。因此还是全职太太好，在外忙于工作、在家和自己一样累得半死的女性做不到。

女士1　可是，工作的女性增加了这么多，我想这种想法不能通用。

渡边　当然有困难。在这一意义上，如今无论男女都在对婚姻一直抱有的幻想和现实的夹缝中烦恼可能也是实情吧。年轻一代里，希望女性工作的男人也增加了，职业女性中也有人认为男人不赚钱也罢，能温柔地抚慰自己就好。不知这些需求与供给能否顺利达成。

男人的自私与女人的任性

女士1　可是听您谈话，无论怎么偏心眼，也会觉得对丈夫而言，妻子的优先地位要低。

渡边　大概可以认为，除了接下来想做爱的时候以外确实不怎么高。妻子平时最好待在家中，当自己吩咐"喂，倒茶"时，就能唯唯诺诺地给自己倒上茶。

女士1　站在妻子的立场上会想，我就是为了倒茶吗？

渡边　这有点过了，因为别的时候还是会温柔地疼爱妻子的。不过是希望给自己倒茶时那样而已。然而妻子还是会开始絮叨"老公，今天隔壁太太……"（笑）

女士2　哈哈哈哈……

女士1　妻子有许多话想说给丈夫听嘛。因为主妇中有的人与社会的联系只有丈夫。

渡边 对丈夫而言，这既是全职太太的好处，也是麻烦之处。

女士1 所以还是和职业女性结婚好呢，能够理解那种心情。

渡边 可是对职业女性喊"喂，倒茶"时没人会给自己送茶过来。正琢磨妻子去哪里了，就被告知她要彻夜加班。（笑）不过最近希望和职业女性结婚的男人确实多了，原因是既能获得经济上的轻松，而且妻子想干涉自己也不能，能够确保自己的自由。这种情况下虽然不能喊"喂，倒茶"，却也会想"嗨，茶嘛，自己倒好了"。

女士2 要是为了自己爱的人，我倒是乐意配合"喂，倒茶"呢。不过因为工作，现实中很难。

渡边 瞧吧。（笑）只是想配合与真正去做不一样哟。

女士2 所以我在与男性关系上总是不顺利。（笑）

女士1 总结一下之前的谈话，就是说，男人希望和出身好、不抱怨、照顾自己、有献身精神、喜欢时和自己做爱、不喜欢时就不做的女性结婚喽？

渡边 虽然陈旧，但我想那种感觉过去和现在是一样的。

女士1 我认为现实中不可能存在那种女性。

女士2 我也认为没有。是说梦话呢。

渡边 不过，男人这样子谈理想的时候，背后存在着"我用工资养你"的意识。女性尽管没有这一层，却一味在条件上严格要求吧？（笑）话说要是你们挑选结婚对象，会以什么为标准呢？

女士1 不管东管西，总是让我自由工作，有人情味、诚实的人。

渡边 最后如何且不论，一开始或许能够给妻子自由。（笑）

女士 2　我觉得淳朴的人让人放心。另外，希望平时不怎么干涉我、放手不管，但特殊时候，比如生日或结婚纪念日里不要忘了给我买礼物、带我去吃饭。年收入一千五百万以上，还有就是喜欢的时候要和我做爱……

渡边　不喜欢的时候不做。（笑）这也都是对自己方便的条件。既然如此，和男人也没什么两样。（笑）

第十五回

希望从长计议的男人
和只争朝夕的女人

女士 1　男人经常说"婚姻是人生的坟墓",可那种感觉女性理解不了。

渡边　"你会一生一世爱这个人吗?"男人在结婚时的这句誓言里感觉到某种沉重的制约。

女士 1　制约……吗?

渡边　男人并非一开始就认为婚姻生活是坟墓,和所爱的人结婚本身还是令人高兴的。可是要让他确定"一生一世爱她",便会喟然长叹,总觉得没有自信。神父要求这是结婚的条件,其实并不太对。我认为这似乎和男人的本性不吻合,因为男人是希望像猎人一样终生追逐好女人的动物。可是一旦结婚,至少表面上不得不抑制那种本能。男人对那种因结婚而产生的制约莫名感觉窒息,感到沉重。

女士 1　结了婚,家里永远都会有异性,而且还是自己喜欢到要与之结婚的人,为什么还……

渡边　的确,结婚就是稳固得到自己喜欢的异性,并且安定的性爱对象也因此得到保障,可是从猎人的习性来说,圈在家中的东西勾不起他的欲望。

女士 2　女性却希望婚后也能和丈夫继续保持恋爱关系……

渡边　男人也希望如此,却难以做到。男人最雄性勃发的时候就是捕捉翩翩飞过的蝴蝶的那一刻,仅仅和已经捕获的女性做爱,雄性的本能得不到满足。可以说对男人而言,一对一的组合非常不平等。

女士 1　一对一就不平等了吗？

渡边　女性或许那样认为，但在男人看来是不平等的。男人的逻辑是力的逻辑，把它贴近资本主义来思考或许好理解。在资本主义社会中，有能力的企业可以拥有大量资产和员工，然而一夫一妻制中，社会、经济、肉体均十分强大的男人却只能拥有一名妻子。

女士 1　哪里不平等了？

渡边　换个稍微不同的说法，比如公司要采购电脑，无论是人人皆知的大企业还是昨天刚成立的弱小公司都只能买一台的话……

女士 1　把女性比作电脑，我觉得过分了。

渡边　不，这只是个比喻，说明一对一的分配不正常。

女士 2　也就是说，有能力的企业除了台式电脑，还想置办几台笔记本电脑是吗？

渡边　有资本持有五台、十台电脑的公司只能持有一台，这至少与资本主义的思维矛盾啊。有能力的公司当然可以买价格高、性能好的型号。弱小企业只买得起便宜货，可以说这里面就有差异。不过即便是弱小企业，也会经常感觉一台有点不合理，希望至少能有两三台。

女士 2　确实，新电脑出来后，会比现在这个看上去好一百倍。

渡边　你也想要吧？

女士 2　就算不能完全占有，也想用用看。

渡边　这不是很明白了吗？（笑）比作汽车可能会更好懂，虽然有人开奔驰，有人开便宜车，但在数量上没有区别。

女士1　这次又成了汽车吗？对汽车应该多少还有点爱恋。

渡边　当然，对汽车那种程度的爱恋还是有的。

女士2　竟然只有对汽车的爱恋那么多。

渡边　说起男人的理想，就是想多多持有更好的电脑和汽车。男人朝着社会目标拼命努力，也是因为幻想着那种愿望可能实现。现实中有能力的人除了漂亮房子，还拥有别墅、几十套漂亮衣服，然而只有汽车是很早以前买的，只是一辆老旧的奔驰……

女士2　肯定会变旧呀。（笑）

女士1　哈哈哈哈……会越来越旧。

渡边　很高兴能让你们理解。（笑）

女士1　不，我并不理解。

渡边　还是不行吗？（笑）

激情燃烧的爱难以在夫妇这一形式下继续

渡边　再者，一夫一妻制的问题还在于要求爱情的永久性。爱原本就是流动的。在美国，有钱人不断结婚、不断离婚对吧？在日本，因为离婚依然被认为是丑事，所以即便没有了爱情，也依然努力保持婚姻这一形式。但是从人的本性来说，这本来就很难。既然要容忍只和某人一人结婚，就必须同时保障不喜欢就可以分手的自由。

女士1　啊，这个我能理解。只要不能保证准许离婚，我就不想结婚。

渡边 在动物界，一夫一妻制只能在短时期内维持。无论狮子还是豹子，育儿结束后便会离去。雄性发情是在发现好的雌性、战胜其他雄性、捕捉到那个雌性后与之性交、让其产下崽子、等崽子稍微长大一点的过程中，它们不会一直待在一起等崽子长大。而只有人被要求一直在一起，这或许有点困难。

女士 1 可是人有感情，不能和动物相提并论嘛。

渡边 当然了，人有父性、亲子之情，还有作为老规矩的夫妻之爱等等，不能简单处理。

女士 2 为什么单单给夫妻之爱加上"作为老规矩"的条件呢？

渡边 因为它并非原本就有，而是随着一夫一妻制的普及，后来被当作文化补充上的。

女士 1 这里我想请教一下。从电脑的话题来看，男性似乎并未将重心放在夫妻之爱上，说起来夫妻之爱真的存在吗？

渡边 当然存在。不过，或许和通常被美化了的东西有点差异。夫妻之爱最强烈的时候大概是看见外面有强敌之时，比如父母反对结婚时、二人齐心协力在贫穷中与世上的惊涛骇浪抗争时，这些时候最为团结。果蔬店老板也是的，夫妻俩拖着排车一起奋斗时关系很好，等开起大铺子、有了钱，可能马上就无法顺利走下去了。

女士 1 没有了维系之物。

渡边 两个人一起奋斗的共鸣消失了。

女士 2 开始想要新电脑了。（笑）

女士 1 怎么会？我无法相信丈夫对妻子的感情会到那种程度。

渡边　当然也存在永远相爱的夫妇，但如果按照一般方式维持婚姻这一形态的话，所谓激情燃烧的爱情就会消失的吧。这是一夫一妻制存在的最大问题，男女靠得太近，就连性爱也会淡薄。每天在狭小的家中面对面，彼此完全袒露，就不会产生所谓情欲了。而且男女本来就是不同的动物，在一起生活的过程中，无论如何都无法融合的部分也会日渐显露出来。

女士2　那么夫妻之间是否存在一种不同于男女之爱的爱情呢？

渡边　会有"我只有这个人了"的爱。

女士1、女士2　"我只有这个人了"的爱？！

妻子是保险，是最后的保障

渡边　打个比方，假如一个男人在外勾引女人，然后被甩，带着"我不行啊"的念头灰溜溜回到家中，却只有妻子在那里等自己。这对男人而言是某种保险。特别是随着年龄的增长越来越不受欢迎时，妻子可以说就是最后的保障或底线吧。年老后丈夫经常对妻子温柔体贴，就是在终于明白"我只有这个女人了"的时候，然后重新感到感激和歉意，告诉自己，到了这一步，要珍惜这个人。

女士2　那么，假如还有可能和别的女人交往的话……

渡边　这很危险，还有可能往那边去。

女士1　"底线"又是一个讨厌的词呢，我认为不能把那种东西叫爱。

渡边 不，我想那也是一种爱。在老年公寓和睦生活的夫妇彼此虽都经历过许多，却依然会发自肺腑地感慨"果然还是这个人陪着我，真好"。失去妻子的丈夫急剧衰弱，也是因为被失去最后保障的打击击倒。

女士1 真无情啊。难道不到那一步就不能认识到妻子的价值吗？

渡边 没到那一步就能认识到就好了。经常会有人在电视上面侃侃而谈，说遭遇交通事故受伤严重或者得了癌症等大病时，真切感受到妻子的可贵，再次确证爱情。人不经历这些事很难意识到。可是一旦妻子患病，丈夫的拼命照顾会惊人得多。老年人照顾配偶，反而是丈夫比妻子更拼命、更无微不至。

女士1 我感觉里面也含有对自己之前花心不顾家进行赎罪的意味。

渡边 有是有，但并不只有那个。与之相比，更多是出于诚挚的感情，真诚地盼望亲爱的妻子心情愉快，这难道不可以称之为爱吗？只不过这不是许多女性追求的炽热的爱，而是因为妻子有恙，自己也麻烦。（笑）

女士1 真够自我本位的。女性依然希望自己被当作一个女人来爱，希望平时就能明确对自己示爱。

女士2 我希望对我说出来"我爱你"。

渡边 男人深信，即便不用说出口女人也会懂。他们认为通过平时的行动和语气，已经按照自己的方式进行了表达，然而很难让女性理解。而且女性通常想通过短时间来测定爱情的量吧？与男人相比，女性追求瞬间热情飙升的爱情，通过一个一个画面来追问是黑是白。一旦出现什么问题，就会突发性地对丈夫横加指责，猛然冲向离婚。而男人心中的夫妻之间的爱情不是那样的。

女士2　那么，那又是什么样的呢？

渡边　时间幅度更长。在长年累月中，男人或者跑向别的女人、或者埋头工作不顾家，猛然一看似乎没把妻子当回事，但最后几乎都会回到妻子身边，重新温柔地对待妻子。在这个意义上，或许不以几十年为单位审视男人的爱就不会明白。

女士2　几十年吗？好长啊。

渡边　你们看看自己的父母也会明白吧？你们父亲虽然长年累月地对你们母亲颐指气使，现在却开始心平气和地、温柔地对待你们母亲了。短期看来，或许对女性有所不满，但爱情的轴心在漫长的岁月中变得坚定不移。在这个意义上，男性的爱或许更多。

女士1　可是那么漫长的岁月都被男人不当回事，就算最后被温柔对待也无法理解。

渡边　这个我很理解。（笑）可是你的见解也许过多考虑爱情上的得失了。从男人的角度，也会觉得女性在爱情上过于追求明了的表达了。

女士2　女性在日常生活中看不到爱情就会担忧嘛。

渡边　嗨，看不见也没关系的。

女士2　可是如果真的以为没关系，男人却又想要新电脑了吧?

渡边　那种时候让他要好了，因为差不多都会再次好好地回到台式机身边的。

女士1　可是台式机那时候已经旧了呢。

渡边　这倒是，但是旧有旧的好处，而且还具备只有一起生活的人才能把握的好处。男人会在把自己的青春重合在那台旧电脑上一起追忆，会想：这是支撑了我的青春的宝贵电脑。看着妻子的白发，会想：它是青丝那会儿我也还年轻，那时候真好啊！因为男人比女人想象中更浪漫。

女士1　可是那时候妻子对丈夫或许已没有了那样的感情。

女士2　会想：真讨厌，这个人只剩下老迈了呢。(笑)

渡边　对对。(笑)所以，总而言之，还是女性冷酷。丈夫虽然想往后好好珍爱妻子，却很难得到对方的理解。不仅如此，如果被认为"这人已经没用了"的话，或许还会被断然抛弃。女性就是这么现实。所以从长远来看，在夫妻感情方面，可以说男人更不安定。

女士2　特别是今后有经济能力的女性会越来越多……

渡边　男人也必须努力注意了，可不要被人抛弃。(笑)

第十六回

因习惯而激情燃烧
的女人和因习惯而
清醒的男人

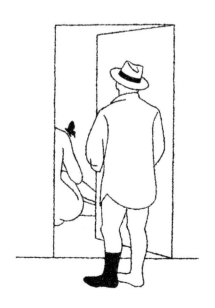

女士1　编辑部收到许多关于这个连载的意见、感想之类的来信。特别是关于无性的烦恼很多呢。说是结了婚，丈夫却不再对自己有要求。

渡边　都是结婚多少年的人？

女士1　这个没有写，但来信的三十岁到四十岁的女性居多。

渡边　我想那些丈夫大多正常。

女士2　哎？是吗？婚后有性才正常吧？

渡边　从男人的立场看，一旦结了婚，对那个女人的欲求就会迅速减退。

女士1　为什么？

渡边　首先因为放心，妻子随时都可以。男人积极地想与女性做爱是在女性像美丽的蝴蝶一样在眼前翩翩飞舞的时候，想捕捉到这种不安定的东西时欲望最高。然而一旦捉住关进虫子笼里面，就意味着不会再逃走，也就失去了作为性爱对象的魅力。

女士2　听了这些话，我依然……

渡边　而且家庭内的性是日常生活的搭配吧？即便要求男人在与吃饭、育儿相同的空间里兴奋起来，他也很难办到。婚姻原本是一种为了生儿育女、组建家庭的合法制度，并不适合性爱。男女在同一屋檐下生活，对性情绪是负面的。

女士1　也就是说，性爱还是非日常的好吗？

渡边　与其这样说，不如说少了对对方的怦然心动，男人很难达到那样的情绪。然而婚姻就等于日常生活本身，在每天的共同生活中保持对对方的心动极其困难，况且对男人而言，性爱是劳动。

女士 2　啊？劳动？

渡边　因为它是相当累人的行为。性高潮时，大多数都是男人在压倒性地动，特别是伏在仰躺着的女性上方、必须不停活动的正常体位中，男人的负担相当大。我想，要是女性也能试试看就会懂了。（笑）要想毅然克服那样的负担做爱，必须要有热切的欲望。在家中那样做，没有相当高的动机是办不到的。归根结底，erection（这里指勃起）自身没有精神上的激情会很困难。

女士 2　原来如此。我没有考虑过体力方面。（笑）

女士 1　可是，为什么动机会变得如此之低呢？尽管妻子每天都和丈夫一起生活，却依然把丈夫看作性爱对象。

渡边　那可能是因为男女性兴奋的方式不同吧。男人与一个女人第一次结合时，欲望和快感强度都是最高的，然而那种急速高涨的性兴奋随后不久就迅速下降。相反，女性最初处于男性的引导下，有时还会被强制接受，但在这样的过程中渐渐获得了快感，感到依恋，热情也越来越高涨。女性在稳定的关系中和固定的对象（笑）反复做爱，欲望与快感确实会越来越高涨。

女士 2　在这方面产生了分歧。

渡边　虽然有个体差异，但是男人呈下降趋势的性冲动和女性呈上升趋势的性冲动在大约一两年间就会颠倒过来，这样来想或许好懂一些。所以等妻子熟悉了丈夫，在性方面成熟起来时，做丈夫的却对妻子没有了欲望，这种情况很多。而且在过去，新婚夜大多也是初夜，所以男人会疯狂地要求，而如今几乎所有人都已在婚前发生了性关系，所以婚后早早就厌倦了。

女士2　那么，如果结婚前交往了十年之久的话……

渡边　从初夜就已经结束了。（笑）

男人不会无性

女士1　可是，男人结婚的目的之一不就是要确保性爱对象吗？

渡边　对，预留了随时可以接纳自己的人。不过，男人一旦得手，积极想要的欲望也就消失了。虽然如此，我想男性当然还是经常有要求的。许多苦恼于无性生活的人并非都和性完全没有关系，我想多数是偶尔有，只是间隔太长。

女士1　各种各样呢，也有的人半年都没有一次。

渡边　从结论来说，如果想和一个男人保持长久的性关系，就不能结婚。

女士1　怎么会！女性想和喜欢的人做爱，也希望和想与之做爱的人结婚。

渡边　可是婚姻有个缺点，彼此靠得太近。一旦给了男人"稳定"这张票，男人就会偷懒。

女士2　就不能好好发展了吗？为什么差异会这么大呢？

渡边　这个有其理由。雄性本来就有让尽可能多的雌性怀孕的欲望，所以雄性会不断冲向新的异性，却对随后的筑巢没有兴趣。

人类之外的动物在雌性怀孕生产之后，雄性会去追求下一个雌性。这是雄性的癖性，只有人类因为有理性和文化制约，所以被要求和固定的对象保持关系，然后才在无奈之下努力保持。

女士1　可是轮到人就没那么简单了。因为大多数女性结婚之后，都认为和丈夫天长地久地相爱、做爱天经地义。无性婚姻中的女性实际上极为苦恼。

渡边　我很理解女性的烦恼，可是说白了，男人不会无性。

女士2　哎？这是怎么回事？

渡边　因为男人总会涌起欲望。

女士1　然后呢？

渡边　即便不对妻子要求，也会在外面偷情、去色情场所或手淫。

女士1　原来是这样啊！妻子们大多认为老公和自己不发生关系，也就不再和性爱有牵扯了呢。

渡边　这就错了。出轨和大坝一样，一旦越过危险水域，就必须在什么地方进行排放。即便大家都不去偷情，也要通过某种方式排放。无论什么样的男人至少都会手淫，会时常抱有那样的情感。

女士1　可是，既然要排放，妻子就在身边，可以随时做爱的。

渡边　所以说，就是因为在身边并且随时能做，才让男人委顿。男人只有在面对某种值得克服的障碍时才能够勃起。男人在偷情中激情燃烧正是如此。

女士1　就算这样说，妻子也还是无法接受啊。明明有自己这个人，而且自己又是那么爱丈夫。

渡边　所以并非所有的人都会出轨，几乎所有人都只是对着周刊杂志上的凹凸图片或浏览色情网站进行手淫。看看中年男性读的体育报或周刊杂志上印有那么多的裸体女郎，可能就会明白男人无论到什么年纪都一直有那种欲求了吧。其中当然也有人去色情场所。

女士2　色情场所就比妻子好了吗？

渡边　只要对方让人感觉新鲜，欲望就会高涨。不过这无关爱情，男人依然会珍视妻子，但还是会觉得性爱麻烦累人。

女士2　累人？

渡边　比如手淫，可以和想象中喜欢的人进行，和墙上挂着的裸体女演员也可以，而且在随心所欲、唯我独尊的世界中，不必顾及任何人。这一点色情场所几乎一样，会按照自己的吩咐去做。然而妻子是现实中的人，而且在身边，做不到那样。现在不行或者现在可以——男人会被这样那样地要求。

女士2　为什么半途而废——还可能被这样训斥。（笑）

渡边　对的对的。与之相比，自己搞定多轻松啊。总之，男人有台自动售货机就行。

女士1　自动售货机……

渡边　欲望高涨的男人就好比单纯的口渴，只要喝上一瓶可乐就够了。投进一百元，"咣当"一声解决，这种关系就够了。然而对妻子说"来杯可乐"是行不通的，需要看她的心情，或者要来点甜言蜜语，有时还要应对她这个那个的要求。应对的不是自动售货机，而是有着复杂女人心的对象。

女士1 那不是理所当然吗？因为对女性而言，性爱也是确证爱情的交流方式嘛。

渡边 可是男人只想排放而已，不需要表达爱，也不需要交谈。强暴事件的发生也是因为这个，只是出于想发生性关系的欲望而已。男人就是如此希望发生性关系的动物，说得极端点，只要能放进自己的性器，哪怕是那边柱子上开的洞也行。

女士1、女士2 柱子上的洞？！

渡边 北海道有处种牛场实行人工授精，在柱子之间拉起的板子上装上涂有母牛阴道分泌液的橡胶性器，公牛们纷纷将自己的性器官插入里面射精，射出的精液用对面的吸管采集。即便如此，发情期的公牛依然会趋之若鹜。

女士1 请等一下。人和牛相提并论也不妥当，您这样说的话，无性生活的妻子们会愤愤不平，认为自己难道还不如柱子上的洞吗？

渡边 并不是说不如，我只是说雄性狂热的情形相似而已。

女士1 这样更不好了。

女士2 是呀，不如就不如吧。

渡边 嗨，这就是个比方，说明雄性动物性欲有多强罢了，你们不要生气。不过，就算是无性婚姻。许多人在结婚之前或新婚期里也应该尽情做爱了吧？然后在婚后的一两年间慢慢疏远。从男人的性本质考虑，这在某种程度上也是自然……

女士 2　性爱没有性理所当然？嗯——当真如此吗？

无性婚姻并非始于现在

女士 1　一旦转为无性状态，就无法回到原先那样热烈的性关系中了吧？

渡边　或许可能性很低了，唯一的例外是怀疑妻子出轨的时候。刚才我也说过，男人之所以激情燃烧，是因为有障碍或者不稳定，有了那种迹象，男人也可能会重新对妻子燃起激情。事实上，因妻子出轨而分手的男人出人意料地少。有的男人不能直面现实，装作视而不见，而另一方面，也有受到危机感的刺激而激情燃烧的例子。

女士 1　那么就是做妻子的对无性生活无计可施了。假如有办法，就是出轨吗？好讨厌的解决办法。

渡边　噢，这是个极端的比喻。话虽如此，丈夫总是手淫也会空虚，所以如果放手不管，我想他还会经常来求欢的。

女士 2　可是如果有别的女人了呢？

渡边　这种情况下可能不容易。

女士 1　妻子总是在担心这个。

渡边　不过在现实中，能找到情人的男人只有一小撮，而且逐渐会感觉很累，并不会持续太久。到了那时，男人未必不会反省，再次希望和妻子过充实的生活。不过，婚姻生活依然没有刺激男人的积极意义上的不安定和障碍。妻子在双人床上安然地睡在自己身边，还有什么障碍呢？在这个意义上，也许还是古人更聪明啊。如果保持平安时代走婚那样的距离，对性应该绝对有好处。

女士1 这样说，无性婚姻并非现在才有的了？

渡边 从一夫一妻制开始之后一直就有。因为男人的本质没有变化，或许只是过去的女性不会对这种事大惊小怪罢了。过去的信息不像现在这样发达，就算心里烦恼，想着怎么会这样，也不会对人说，而是一直忍气吞声，而现在会大声说出来。（笑）

女士2 虽然听您说了许多，我还是认为无性生活的责任在于男性。

女士1 我同意，问题在于男人的喜新厌旧。

渡边 不，正因为男人喜新厌旧，去找众多的雌性，人类才得以有这样的繁荣。你们这些不满只好去找把男人创造成这个样子的上帝了。至少睡在你们身边的丈夫并非没一点好处……（笑）

PART
3

妻子的雄辩　丈夫的沉默

女士3：她们是间或临时加入、希望匿名的女嘉宾，或是"因花心丈夫哭泣的职业女性"，或是"因丈夫的恋母情结苦恼的妻子"，不一而足。她们为声援同为"单身、住在东京、从事传媒业"的女士1、女士2那动辄失之偏颇的兴趣与关注点，坦陈自己纠葛于爱情的体验。有时她们会毫不畏惧，将对男性的疑问和不满抛向渡边先生。

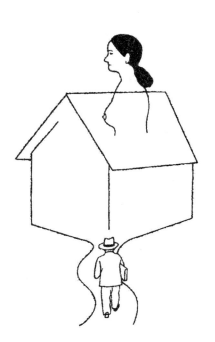

第十七回

无性也依然有爱的丈夫

与无性便不肯善罢甘休

的妻子

女士1　我想接着上回的谈话，继续追究无性婚姻的问题。女性之所以因无性而苦恼，是因为她们认为丈夫已不把自己当作女人看待，也就是自己不被爱了。

渡边　或许丈夫的确不把她们看作女人了。

女士2　啊，这可是您说的。

渡边　但是并非没有了爱情。

女士1　这就难以理解了。

渡边　比如说，恋爱中首先不会无性吧？那是因为爱对方等于依然想做爱。

女士1　那么，不想和妻子发生关系就意味着不爱了呀。

渡边　如果对方是妻子，即便不向她求欢，也不能断言不爱了。

女士2　好复杂。就是说虽然不讨厌，但不会被作为女性而认可了吗？

渡边　如果仅限于性而言，或许如此。但正如我上回说的那样，一旦对方成了自己妻子，男人便不再感受到恋爱时那种燃烧的性欲了，然而在别的意义上，作为妻子，她们依然得到认可。男人会和妻子商量种种事情，从家务到家计、照顾孩子等等，男人在很大程度上依赖于妻子。依赖便是认可她们是重要的人的证据。简言之，妻子不是被作为性伙伴，而是被作为生活上的搭档而被信赖，并被委以家中一切事务。这也是夫妻之间重要的爱。不做爱并非没有爱。

女士1　可是妻子并不乐意仅仅如此，她们希望自己是妻子的同时也被当作一个女人来爱。

渡边 男人把妻子当作一个女人来信任，男人衷心希望妻子把这当作爱。

女士2 仅是信任，女人无法得到满足。因为女性大多认为婚姻位于和所爱之人恋爱的延长线上，而且结婚之后也依然把丈夫看作男人。

渡边 这可就大不一样了。男人婚后过上几年，特别是有了孩子，把妻子看作母亲远胜于把妻子看作女人。看看动物也可明白，男性对生儿育女的女人不再有性欲，或者说很难有性欲。可是对男人而言，孩子是自己令人疼爱的分身，他们会把妻子当作抚育自己分身的人来珍惜，只不过珍惜与性爱没有关系而已。

女士1 即便妻子依然爱着丈夫、每天都会为丈夫尽心尽力地忙前忙后吗？

渡边 那样倒也高兴，但那个与做爱的性冲动没有关系。即便是恋爱，一旦进入安定期，兴奋度也会下降。与其硬着头皮与妻子发生关系，多数男人也许会选择自己解决或去色情场所。

女士1 可是这会导致妻子独自忍耐。

渡边 要是那样说，我认为丈夫也是在另一意义上忍耐或配合妻子。他们或是听着妻子的话表示赞同或是沉默不语，不把自己想说的话说出来。在忍耐这一点上，婚姻生活中夫妻彼此彼此，但在性爱上与其说彼此彼此，不如说男人难以配合妻子的欲求，因为即便想配合，那里也立不起来。

女士1 女性认为男性不向自己求欢便是没有了爱。

渡边 这一点男女迥异，男人的性未必与爱有关。我想，反过来说便会明白，说白了，男人即便没有爱也可以发生性关系。曾经的随军慰安妇也是如此吧？那当然不是好事，但正是男人那只想做爱的精力导致了那样极端的事情。买春自不必说，不是因为有爱才那样做，男人并不会在精神上去爱因只想释放欲望而发生性关系的女性。

女士 1 可是女性无论如何都会将性与爱结合起来思考。因为发生性关系便是因喜欢对方才愿意的。

女士 2 或者说一开始感情很淡，但发生性关系后便真的爱上了那个人。

渡边 确实，女性将性爱与精神方面结合起来进行思考。我想这也与女性的性是接受方，以及随后的怀孕、生儿育女有关系。因为女性的性与男性的性侧重点不同，几乎所有的女性都没有体验过自己不爱的性爱，而且也不想积极地体验，而男性即便是无爱的性也会受之坦然。他们觉得只要新奇便好。这些可能便是无论如何都不被理解的男女差异吧。

夫妇间的性所缺少的是……

女士 1 我想请教一下，对男性而言，无爱的性是怎样的呢？

渡边 一言以蔽之，或可称之为包含"调情"的性吧。

女士 2 哎？调情……吗？

渡边 对男人而言，也许并非做爱本身，而是包含前戏、后戏在内的两人之间的调情似乎更像真正的爱。例如赤裸相拥、相互接吻，有时候相互调情可以用上好几个小时。这种时候做不做爱都无所谓了。

女士1 不做爱也行吗？

渡边 当然。或许也有在进入那种状态之前做爱的时候。只要经过那个阶段，没有性爱也罢。刚才我说过男人的爱情与性无关，可是不做爱却能边调情边缠绵在一起也许正是所谓爱。这方面结了婚的女性也许能够想象，直到新婚期前后，二人之间还是会调情的，但过上一两年，就算做爱，也渐渐没有了前后戏，到了最后，做爱一结束随即分开。

女士2 哟，竟然离得那么远了。（笑）

渡边 正是。（笑）男女间的爱情没有了，与之成正比，缠绵的时间也会渐渐消失。其实那种时间完全是浪费，完全不具建设性。

女士2 在家庭内浪费被省略了，哈哈哈……

女士1 这不是开玩笑。那么丈夫和妻子之间的性……

渡边 健康的男人每每会涌起欲望，妻子首先被当作处理眼前欲望的对象。此外还有尽义务的性和偷情败露后为安抚妻子而为的性。

女士2 让对方闭嘴的性。（笑）

女士1 糊弄人呢。

渡边 或者吵架时为求重归于好而迫切发生关系，希望抱一下妻子就会得到原谅，希望妻子也会因性快感而不再追究，就此放下。也会有不同的情况，丈夫因妻子盛怒而产生危机感，或许反倒想做了。担心妻子离开自己的不安和危机感也可能会产生比平时更强烈的情欲。

女士2　妻子也会觉得丈夫向自己求欢依然是在爱着自己。

渡边　而实际上脑子里想的却是别的女人。（笑）因为有的人偷情败露后，一边信誓旦旦说不会再犯，一边却紧接着又劈腿。（笑）

女士1　因为他们觉得稳住那一时就行了，对吧？这一点上男人根本就欠缺诚意。

渡边　那一刻他们真的心怀歉疚啊，只不过渐渐又蠢蠢欲动而已。

女士1　简直无药可救呢。

渡边　可那就是男人。屡教不改却基本还是爱着妻子的丈夫有很多，所以说实话，丈夫不希望因性这件事被妻子说三道四。男人永远渴望母爱，希望自己的妻子也能像母亲一样，用博大的爱包容自己。他们渴望着哪怕不做爱，或者哪怕在外稍稍花心一把，妻子也依然能对自己说"你很可爱哟"。

女士2　希望得到全盘肯定呢。

渡边　哪怕在外面玩得一身泥水，依然对自己说"真拿你没办法"，给自己洗脏衣服。说到理想，男人希望妻子用那样的爱包容自己。然而现实中的妻子会说："你到底去哪儿玩了？你明明娶了我……"（笑）

女士1　这是自然。

女士2　没有同情的余地。（笑）

安定与激情不可兼得

渡边　可是，女性中熟谙男人这一习性的人也很少啊，特别是到了一定的年龄，女性也就有了慨然接受的胸襟。

女士1　这可太便宜男人了呢，希望男性也能理解女性的心情。

渡边　男人当然想理解了，但是念头刚起，那里就勃起不了了。（笑）男性中也有许多人为之烦恼啊。所谓 ED（勃起功能障碍）也是家庭内 ED，也就是说，几乎所有的男人和外面的女人能做到，但面对妻子就不行了。

女士2　地域限定。（笑）要是这种情况下妻子硬上怎么办？

渡边　我想那就痛苦大了。也可能会尽义务勉强发生关系，但通常如果有被强迫的意思，男人会马上岔开话题，或者突然喝得醉倒。

女士1　这是蒙混过关呢。即使爱妻子也会那么厌恶吗？

渡边　就是不想做爱，哪怕给了妻子全方位的信赖。

女士2　信赖啊？

女士1　这种能叫爱妻子吗？

渡边　统称为爱，夫妇间的爱与恋人间那种以性爱为主的爱也是不同的。热烈的爱在婚后的共同生活中渐渐消失，类似于某种宿命的东西。

女士1　可是即便结了婚，女性依然希望丈夫能把自己当作女人来求欢啊。

渡边　这个你对我说过多次，所以我十分理解，可是结了婚的女性在家庭中还要求那种热烈的爱或许有点奢侈了。结婚大概算是社会性的安定吧，无论在法律上还是社会上都得到了切实的保障。有了那样的安定，还想要激情燃烧的爱情和充实的性爱，会不会有点贪得无厌了啊？

女士1　是说让妻子放弃包含性爱的爱吗？

渡边　与其这样说，不如说因为安定与性爱原本就不能两立。比如情人能够得到男人包含性爱在内的热烈的爱，而正因为两人关系不稳，男人才会激情燃烧，而且被称作"情人"的人中也有的接受那样的关系。另一方面，对妻子倾注的爱确实是温吞的，但情人不能相提并论的安定得到保证了吧？失去激情换来安定称之为女性的宿命言过其实，但是呢，也算是类似于必要经费样的东西吧。

女士2　我想是因为被国家权力保护着，所以没有办法。

渡边　我是说失去激情，还是有换到手的东西啊。既有男人保护自己，又有经济和社会保障，性方面还能得到满足，不可能样样都称心如意。

女士1　可是这样说，不管转向哪边，男人都心满意足呢。他们既拥有家庭的安定，如果想在外面找个倾注热烈爱情的对象，也能得手。

渡边 话虽如此，能一边养着妻儿一边在外和女人交往的男人能有几个？情人不是那么简单就能找到的。迷恋有妻室的男人的女性原本就不多，就是你们也不会轻易喜欢上有妻室的糊涂大叔吧？

女士1 就算没有妻室，糊涂大叔也有点……有妻室的话就不值一提了。

女士2 我会退避呢。

渡边 能超越有家庭这一条件、打心底里爱一个男人的女人现实中少之又少。交了好运的男人凤毛麟角，只是一部分受上天眷顾的精英，所以大部分男人还是会倾囊去色情场所。

女士1 就是说，男人并非像女人想象的那么思想高尚吗？

渡边 对的。因为囊中羞涩，几乎都是看着裸体杂志之类自己处理而已。养情人需要相当的花销和气力，无论经济上还是体力上，都不是寻常努力可以维系的。除此以外，这还是非常不容易的事情。

女士2 女人不容易，男人也不容易。

渡边 总之有得有失，不可能得到全部。

女士1 等一下。既然要费这么多心思，还是在家和妻子做爱岂不更好？

女士2 对呀，这样一来，无论丈夫还是妻子都没有任何烦恼了。

渡边 因为总是躺在身边，就没那个兴致了。啊，怎么又回到原点了。（笑）

第十八回

憧憬《冬季恋歌》的
妻子和令人扫兴的
丈夫

女士 1　老师认为理想的恋爱是什么样的呢？

渡边　首先基本应是相亲相爱，并且能点燃彼此的热情，且能持续长久的关系，或可称之为"有持续力的相亲相爱"吧。

女士 1　那种爱很少有。

渡边　不能说没有，但也不寻常。

女士 2　也许正因为此，我才迷上了《冬季恋歌》，这个周末看 DVD 看得如痴如醉。

女士 1　就是就是，我也是，足不出户地看。

渡边　什么地方最吸引你们呢？

女士 2　惟珍和俊相（民亨）虽然阻碍重重，却依然情不自禁地彼此爱恋，惟珍的发小相亦明知如此，却依然对惟珍倾慕不已。我的情感完全投入到他们各自的痛苦中了，相当写实。

渡边　确实有不错的部分，但大致上一点都不现实。

女士 2　哎？是吗？

渡边　一开始那个人相爱还好，后来俊相死于交通事故了吧，于是惟珍和别的男人（相亦）订了婚，结果遇到一个和死去的俊相一模一样的男人（民亨），追寻那个人的过程中得知他就是本以为死去的那个人，只不过因事故丧失记忆而已。这里面拿出任何一个都是罕见的偶然或者奇迹，这些奇迹三四个重合在一起，完全不现实。

女士 2　确实有道理。

渡边　这种雕虫小技或者说迎合主义的电视剧我很惭愧写不出

来。男人通常是比女人更清醒的动物，所以对那种故事不会轻易感情投入，而且《冬季恋歌》里的主人公们不做爱吧？

女士1　基本连接吻都没有。

渡边　在这种状态下还能持续相爱好多年，这也让人感到不可思议。万一出现一个在性方面有绝对吸引力的对象可怎么办呢？

女士2　可是死心塌地爱一个人，这种感情有现实性，看着看着我就想："这才是爱。"

渡边　这种形式只是作为女性愿望之一的爱，现实中的男人不是那样的动物。

女士1　许多女性都认为在哪里一定有那样的男人。

渡边　当然存在死心塌地的、诚实的、温柔的男人，说"我只想着你一人"。

女士2　果然如此嘛。

渡边　不过与之同时，性的纽带也很重要，在没有那个，或者没有那种可能性的前提下，只是一味思恋一个女人很困难。对这一活生生的部分视而不见，光求表面华丽，编造得过了，难以称得上追逼人性的作品。当然我从一开始也没有期望这个，即便如此也依然觉得有点不食人间烟火。两个男人在那里争夺一个女人，却都不和惟珍发生性关系。没有那层关系，却那样深深执着，也让人感到不可思议。

女士1　可是他们在精神上爱着惟珍呀。

渡边　对男人而言，单单精神上的爱几乎不成立。到高中生阶段还有可能，过了之后性爱就渐渐占到很大比例了。因为到了做爱这一步，就可以看清一个人脱弃虚饰后的本来面目，然后才开始真正的爱。

女士2 我想既然那么爱慕对方，做不做爱都不是问题。

渡边 这样想的人可能是因为没有体验过真正深刻的性吧。我想即便是女性，体验过达到身心巅峰的爱的人也会明白那种爱很浅淡。

经历过性关系以后的爱会加深

女士1 可是十几岁、二十几岁的时候，大家还不都是那种情

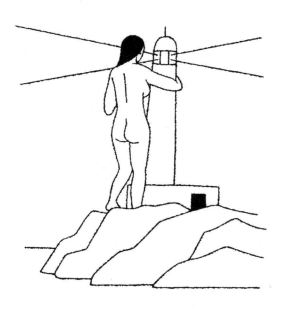

感吗？纯粹地爱着那个人，认为这就是恋爱。

渡边 在不懂性爱的时候确实如此便好，可一旦懂得了性爱便不同了，特别是性欲强烈的男性，仅仅进行柏拉图式恋爱是接受不了的。

女士2 最初的恋爱也是这样吗？

渡边 第一次喜欢上某个人吗？比如有生以来第一次爱上了这位啤酒君（指着中华料理店桌子上的啤酒）。

女士2 还是初恋呢。

渡边 不过同时又觉得这边的绍兴酒君也不错。

女士2 咦？不是只有啤酒君吗？

渡边 啤酒君当然喜欢，但绍兴酒君也难以舍弃。后来喜欢谁更多一点会因为谁会同意和自己做爱、是浓是淡而发生巨大变化。当然了，要想进行比较，啤酒和绍兴酒不都喝下是不会明白的。

女士1 这可真是……

渡边 比方说一个男人对同班女同学心怀纯真的爱慕，可是受到一个风情万种的年长女人引诱，对他说"我让你和我做爱"，马上就会随之而去。

女士2 因为她更有魅力吗？

渡边 这方面也有，但还是肯和他做爱这一利好更大。

女士1 那么同班女同学怎么办呢？

渡边 照样喜欢，只不过眼下被肯和自己做爱的人吸引住了。通常性关系继续加深的话，会越发被她吸引。

女士 2　难道就不可能像《冬季恋歌》里那样，死心塌地思念一个人吗？

渡边　男人的爱精神重要，肉体也重要。特别是年轻时，性欲很强，所以对方能否和自己做爱比对方是个什么样的人更重要。了解了男人的这一方面，《冬季恋歌》中那样的恋爱就太天真、太单纯了。

女士 1　虽然我问了好多遍了，却还是想问：男性也有纯粹的感情吧？

渡边　只有精神恋爱才是纯洁的，迷恋肉体就不纯洁，这样下定论很可笑。精神和身体两样齐全，才会产生真正意义上的深爱。

女士 1　那么，像惟珍那样不肯和男人做爱的女人就不值得考虑了吗？

渡边　与其说惟珍如何如何，不如说省却了这一部分正是这部电视剧的粗糙之处。仅是精神不可能比这更深刻。不过这个不仅限于男人，女人也是一样。你们也不会连续多年地思念一个从没发生过肉体关系的男人吧？

女士 2　这样说来，即便曾经非常喜欢，没有肉体关系也就忘了。（笑）

渡边　与之相较，还是有过热烈肉体关系的人更强烈。而且胡乱称之为纯粹的爱，在这个意义上，不伦之恋中也有纯粹的。

女士 1　是吗？

渡边　前面我们也有所触及，不伦之恋中双方虽背负着风险，却依然在连结婚这一具体目标都没有的情况下爱着对方。这也是包含性爱在内的深邃的爱。

女士1　可是那也许是在玩火。

渡边　玩火是轻率的说法，当事人认真的也有许多，而且如果彼此都是已婚，万一败露，代价可就大得没边了。我想，冒着这样的危险也不求回报地互相追求的情感，比起没有性爱的天真恋爱，在纯度这一意义上可以说更高。

女性一旦发生性关系，情感便不再摇摆不定

女士1　女性也不是认为《冬季恋歌》中的故事情节全部具有现实性。

女士2　不过还是认为有很多地方能引起共鸣。

渡边　比如呢?

女士1　比如见到和死去的初恋恋人一模一样的男人后哭了。

女士2　不知不觉让爱自己的男人遭殃之类。

渡边　这真是自恋的想法。（笑）就算那样可以，可是惟珍在两个男人之间犹豫不决又怎么解释? 有个镜头是她将自己至爱的民亨丢在车中不管，跑去探望住院的相亦，可如果她真的爱民亨的话……

女士2　那是因为相亦因惟珍被民亨夺走后很痛苦。

渡边　可是那样做会让民亨痛苦。

女士1　老实说，我也觉得那里很奇怪，看的时候，我原以为她心意已决。

女士2　如果爱上一个人，或许不会那样左右摇摆。

渡边　像那个主人公那样，或许是因为在男人中左右逢源而心情不错吧？真够任性的。即便不说这个，不描写性爱问题依然让这部电视剧肤浅简单了。女主人公摇摆不定也是因为没有发生性关系。

女士1　哎？会是这样吗？

渡边　女性一旦和真正相爱的人体验过疯狂的性爱，就不会再有那种模棱两可的事情了。女性的性一旦开始加深，便非那个男人不可，会忘我地为那个男人倾尽一切。

女士2　会为了他什么都愿意做。

渡边　只要是为了他，可以去当贼。

女士2　这也太过了。

渡边　不，也是有那样的例子的。以前曾发生过一个案子，在滋贺银行工作的一个女人侵吞了数亿元银行款项，给了那个男人。那就是因为沉溺于和那个男人的性爱，离不开那个男人了。

女士1　通常不会的。

渡边　当然，现实中走到犯罪这一步的例子很罕见，但性里面藏着让人走到这一步的可能性。小说若是不能写到那种程度，人真正的可怕和怪异就表现不出来。不了解这个是因为没有这种经验，我想即便是女性，了解的人也不会沉浸在《冬季恋歌》里。看看还是很开心的，但还是会觉得肤浅简单。

女士 2　也许因为简单，才会安心，如坠梦境。

渡边　在这层意义上，如今流行去除性爱的"纯爱之物"或许意味着到了许多女性堂而皇之地沉浸在自己的世界里的时代了。暂时看了之后心情愉快，情感得到疗愈，而且也不会有大的麻烦，总之就像是能够得到和平的游戏一样。这也意味着女性不再压抑自己，不再像之前那样看着男人脸色，担心说喜欢这个丈夫便会笑话自己或者招来有学识的评论家的轻视。到了女性将这些一把甩开，主张"我就是我，好东西就是好东西"、自己进行选择的时代。这一点倒是很棒。

女士 1　可是男性到底怎么看《冬季恋歌》呢？

渡边　男人想知道的可就大不一样了。

女士 2　是什么呢？

渡边　男人会想，惟珍与民亨和相亦做爱之后会变成什么样。

女士 2　哎？和两个男人吗？

渡边　会想知道哪个更好，她会被谁吸引。

女士 1　怎么会？女性不会因为那个去发生性关系的。

渡边　可是她如果和哪个发生了关系，多半会倾向于哪个，这样就不会徘徊不定，电视剧也就接近尾声了。

女士 2　要是这样说，就糟蹋了这部电视剧。

女士 1　我好不容易才沉醉其中，心情舒畅。

渡边　可是我想，与其沉醉在那种故事里，还不如走出家门追求现实中的对象才更能接近真实的爱。（笑）

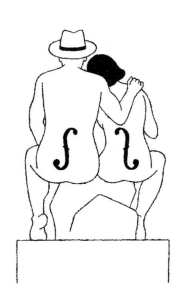

第十九回

欲振翅高飞的妻子和
想约束她的丈夫

女士1　不久前演员高冈早纪和保坂尚辉离婚了吧？

女士2　有这么回事。高冈与布袋寅泰热吻被刊发了特别报道，保坂在记者招待会上就此谈了一个多小时。

女士1　当时保坂愤怒声明"不能原谅"布袋，说"那是在玩火"。他说："他那样说，我妻子就没了立足之地。既然接吻，就应该认真去做。说什么玩火，对我和孩子太失礼了。我代表妻子和孩子严正抗议。"据说看了那场记者招待会的一部分女性中许多人认为"他庇护妻子的态度很了不起"。

渡边　怎么说呢？说"玩火"虽然失礼，但实际上不就是玩火吗？（笑）对这种说法发那么大火，我反倒是不能理解。反过来也有人认为玩火挺好。

女士2　大概是讨厌自己珍重的人被草率对待吧？

渡边　可是既然那么珍重，就不必离婚了吧。（笑）他俩离婚后好像也因为孩子问题住在一起，却对这一形式也不能释然。他说"我们婚后通力合作"，可是婚姻并不是能称作"通力合作"这样的简单东西吧？（笑）男女之事讲起道理会没完没了。我觉得与其那样说，还不如干脆保持沉默来得利落。

女士1　也许他们的目标是"理想的离婚"吧。我朋友离婚时说过，"彼此心无芥蒂，漂漂亮亮分手"，可是过了一年左右又说，"还是因为孩子之类事情闹出了很大动静"。

渡边　我想那是当然。虽然艺人们会说什么"在双方达成一致的前提下高高兴兴地离婚"。

女士 2　有这样说的呢。很爽快地说什么"各走各的路"。（笑）

渡边　离婚本就不是说些漂亮话就能解决的问题。如果是见个面、浅浅交往的简单关系，双方都能理解，能爽爽快快地分手，但是和结了婚的对象如此爽快地分手，我觉得还是有点虚。解除婚姻意味着构筑起庞然大物，然后再将其摧毁，花在那上面的时间、金钱以及精神上的操劳不计其数。当然，从离婚体验中也所得匪浅，我想男人对女人、女人对男人还是会有诸多不满、气愤和后悔，通常会黏黏糊糊扯不清楚。

相爱的男女不会想分开

女士 1　心无芥蒂地离婚最近不是多起来了吗？

女士 2　我也是这种情况。

渡边　你是因为什么原因分手的？

女士 2　我婚后第八年去留学两年，其间两个人都有了喜欢的人。

渡边　也许这种没有小孩子的情况能够比较简单地离婚吧。不过一般来说，结婚后妻子只身去国外留学的例子不怎么多见。您丈夫居然同意了。

女士 2　他支持我，说："因为是为你好。"

女士 1　最近也出现这种夫妻了呢，特别是年轻女性，希望婚姻和事业兼而得之的人增多了。

渡边　不过结婚原本就是因为想和那个人总是在一起吧？相爱的男女不想分开，希望一直在身边，才会投身于婚姻这种形式。长年累月分开也依然无所谓，这是不是说明两个人的关系开始转冷了呢？

女士2　婚后十年之久，所以爱情或许有点淡薄了。

渡边　用火灾比喻，就是熊熊燃烧的大火平息后依然有烧红的炭在冒烟的状态。如果男女之间的爱要达到想结婚的程度，还需要再注入一点热情。确实，随着婚姻生活的持续，会渐渐失去那种热情。

女士2　长时间隔得远，思考方式不再相同也是原因之一。

渡边　这是因为分隔两地，那样子分隔两地本身说到底就很奇怪。夫妻俩就算一起生活，天长日久大多也会步调不一致。双方都没有变化或者双方都以相同的速度在变，哪个都好，可是大多数情况下双方的成长速度不同。如果只有一方爱的程度、思维方式或者价值观进步过快或者过慢，彼此就跟不上了。如果分居，就越发容易不合拍，所以一般的丈夫不会让自己妻子独自去远方。

女士1　可是不也有希望帮助伴侣提高才能的男性吗？

渡边　那只是嘴上说得漂亮。我想如果一个男人真的爱妻子，就不会有那种念头。男人希望所爱的女人待在自己身边，只看着自己一人。更别说送她去国外那种事了，男人出于担心是不会同意的。"只要你想做，什么都可以"，这话乍一听似乎很体贴，实际上大多有点不负责任。

女士2　哎？是吗？

渡边 因为爱就是约束。

女士 1、女士 2 约束？

渡边 即使对方提出为锻炼自己想去远方，也会说 NO，希望她不要考虑那些，陪在自己身边。这样的约束才是爱。即便不是这样的大事，如果两个人相爱，我想日常生活中也会有许多小的约束。例如男人提出喜欢这种食物，要一起吃，或者说这个很好玩，要一起看，而妻子也会提出想和老公一起去这里，或者希望两个人一起做这个，希望彼此走进对方。这就是爱。说"我不同意"或者"你要这样做"似乎蛮横无理，但换个角度来看，意味着追求同一性，这也是强烈的爱的表现。相反，说"你吃自己喜欢的东西、随心所欲地生活就好"，或者"只要你的才能会提高，去外国或者去哪里

都行",乍一看非常通情达理,但也是自己想顺便享受一个人的自由或者厌倦了婚姻生活的证据。

女士2 可是让一个人按照自己的意愿去做不就是爱吗?

渡边 女性马上就会说这种徒有其表的漂亮话,可是如果让对方按照自己的意愿去做,也许她就会无限地振翅高飞,无影无踪了。男性感觉到那种不安,如果喜欢对方,便不想放她走,还是希望她待在自己身边。这一点女性也是一样吧?嘴上说着"你想怎么做都行""只要你幸福,我也就幸福了",另一方面却嫉妒男人的一举一动、生气、口出怨言。被这样对待,男人反而会想"她这么爱我吗",会渐渐喜欢上她。

女士2 可是既然喜欢,不就应该尽量克制这种感情吗?

渡边 这是口头上的漂亮话。我想,如果能用理性克制,原本就不是了不起的爱情。男人也一样,被指手画脚也会想"好烦",但想到对方爱着自己,还是会很高兴。相反,说"只要能提高你的才能,去哪里都行"接近于说"只要你愿意,和哪个男人做什么都行"。

女士2 这和那不是一回事呀。

渡边 但是这种危险性绝对存在。总之说这种话的男人要么没有很强的主见,要么对自己没有自信,所以故作理解,再或者有了别的女人,三者居一。从这个意义上看,宽容的男人需要警惕了。(笑)

因为有精神上的爱，肉体上的爱也会加深

女士1　如果真的喜欢，或许至少会想办法阻止对方离开。我的朋友也是，丈夫工作变动去了纽约，她就扔下工作跟了去。

渡边　与谢野晶子也是，铁干去巴黎时，她暂时愉快送别，却渐渐不安起来，感觉自己独自一人还是不行，一刻也不能忍受地想见铁干，于是独自一人沿西伯利亚铁路坐了一周火车追赶他。

女士2　可是就没想过信任对方、放对方走吗？

渡边　所谓爱，不是那样的表面文章。真的爱一个人，就无法离开他（她）。分离本身就令人害怕和不安。

女士2　可是现在既有电话又有电子邮件，随时可以听到声音。

渡边　那些都无关紧要。没有任何保证显示通过电邮或电话说说话就万事大吉。若说相爱的男女之间最重要的东西，依然是身体的联系，一旦分开，彼此间那种与肉体相关的保证就不存在了。"要是能提高你的才能，那就去远方好了"或者"对我而言打开了一个全新的世界，所以我要丢下他前往"，这些表面上看知性洒脱，却忘记了肌肤的感觉和感情部分。男女之爱的原点依然是性，与之关联的感情很重要，彼此共享那种东西，便不会轻易分离。

女士1　不过我觉得女性中很少有人认为性爱有那么不可或缺。

渡边　那可就可怜了，（笑）好不容易托生成女性一场。前面我也说过，一旦领悟了那种欢喜，女人便会是更深陷的动物。一旦那种疯狂的快乐只能和男人一起得到，女人便会黏上那个男人不再

离开。与那种深刻与激烈相比，男人的执着太可爱了。（笑）与谢野晶子因铁干而领悟了快乐之后，身体渴求铁干，去了巴黎。夫妻之间如果在性方面达到那种深度，便不会轻易分开。

女士1 可是这么说，维系两个人的似乎只有快乐了。精神上的联结不是更重要吗？

渡边 或许可以称之为快乐吧。对一个没有痴迷过某个男人的人再怎么解释，也许她也不会明白。（笑）

女士1 可是人的温情以及精神上的联系不是更……

渡边 那个当然重要，但如果不能明白那个来自于肉体方面的充实就不好办了。简言之，耽溺于性就是耽溺于肉体。爱上一个人，做爱的过程中肉体方面会渐渐深陷。肉体发生变化之前当然会有精神上的爱，正因为如此才能体会到那种出奇的快乐。

女士1 啊，是这么回事啊？

渡边 当然是吧。女性中有人一说性，马上就会说"只是肉体的爱"，这样为什么不好呢？因为沉溺于肉体之爱的基础便是有精神上的爱。精神第一、肉体第二，这种划分本身就是错误的。精神深入的同时肉体也会深入，继而精神方面的联结又逐渐加深。男女关系因性在二人之间的深刻程度不同而不同，所以能够像"爽快地离婚"那样轻率分手，便意味着性方面的联结太浅，没什么值得自豪的。也罢，也有的人彼此之间的性爱不和谐，分手之后却生龙活虎了。

女士2 唯有这个问题只有当事人自己知道吧。

渡边 如果不了解两人之间通过性产生了怎样的联系，那就不能对离婚说三道四，况且离婚基本上因个体不同而千差万别。

女士1 可是我想，爱再怎么是约束，被约束过头还是会讨厌。

渡边 当然了，那是个度的问题。我想任何人都会想要一点自由，虽然我认为因沉迷于爱的程度不同，也有人觉得只要有了那个人，什么都不要了。

女士2 我最激情的时候，认为爱就是一切。然而醒过神儿来，便向着自由奔去了。

女士1 我虽然认为爱很重要，却依然希望自由，所以只想和一个如果继续走下去困难就会和我离婚的人结婚。

渡边 可是结婚这事儿不应从一开始就考虑这样的条件。也许现在的你们谁都不适合结婚，所以才一个人的吧。（笑）

第二十回

不肯原谅丈夫拈花
惹草的妻子和认为
不过是拈花惹草而
已的丈夫

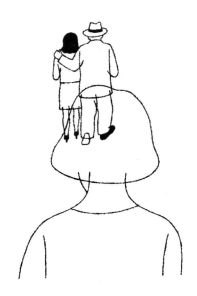

女士1　离婚的原因有很多，最多的就是丈夫拈花惹草。

渡边　那是当然喽，因为男人用情不专的几率绝对要高。

女士3　我现在三十六岁，婚后五年离婚，在广告代理店工作，没有孩子。

渡边　你是因为丈夫用情不专离婚的吗？

女士3　正是。

渡边　丈夫用情不专司空见惯，到离婚这一步是因为还有其他非常之事吧？而且女性中有人能原谅丈夫用情不专，有人不能。

女士3　我的情况有点特殊，他在酒店工作。我本来没打算举行婚礼，但因为他对我说"为了我的前途"，所以婚礼也在那家酒店举行了。好像在就职的酒店举行婚礼，会被称许有爱公司精神。可是婚后过了五年，我得知他和一个同单位的女人偷情。偷情竟发生在我们俩宣誓爱情的地方，这让我十分厌恶，备受打击。

渡边　宣誓爱情的地方，也就是说他在同一家酒店搞外遇吗？

女士3　正是这样。

渡边　是不是因为那个女的在同一家酒店工作，两个人就在那家酒店里发生关系了呢？

女士3　这个我不知道。或许是利用酒店空房间。

渡边　不过在自己单位做这种事风险可太大了，我觉得应该不会。

女士3　就算是这样，酒店是我们俩宣誓爱情的重要地方，在那里开始和别的女人偷情太讨厌了。

渡边　对他而言，那只是单纯的职场恋爱。

女士3　假如不是在那家酒店，因为酒店行业之间关联密切，我觉得他也不会去别的酒店。那就得去情人旅馆吗？那就更讨厌了！

渡边　我理解你的心情，但客观来看，我认为他和同单位女性发生关系本身是较常见的外遇模式。

女士3　那个女的二十来岁，很年轻，这也很讨厌。

渡边　可是如果他和比你年龄大的女人恋爱，也许会更讨厌。假如老婆四十岁，老公和二十岁的女人搞外遇，也许还会觉得他是被年轻而有活力的女性身体所吸引，也许会原谅他。可是如果和比自己年长许多、五十岁左右的女人发生深入关系的话……

女士2　如果觉得那女人很有魅力，我也许会很懊恼的。

渡边　对吧？虽然我并不认可你丈夫的出轨，但善恶另当别论，男人引诱同单位里比妻子年轻的女性是常有的情况。

女士1　可是再怎么常见，终归还是讨厌。

女士2　男人果然容易移情于眼前的女人。

渡边　可能吧。在单位里每天见面，有时在工作上还会组成团队，比较容易变得亲密。如果当领导的邀请说"今晚去喝一杯吧"，对方乖乖跟着去的几率也很高，所以机会也大。

女士1　从远近来说，我觉得每天生活在同一屋檐下的妻子更近……

渡边　这又另当别论了。如果是妻子，反而会因为太近而厌烦，因为就连做爱也有过太多次了。

女士3　可是我依然不能理解。婚礼很不容易的吧？又要挑选客人，又要决定菜品，这可是两个人一件一件地解决了这些麻烦事、宣誓爱情的场所啊。

女士2　是啊，是对女人而言的神圣场所啊。男人就一点都不考虑这些吗？

渡边　确实，我理解你们珍惜那些事情的心情，但对多数男人而言，可能并没有什么意义，或者不会那样想。眼前如果有好女人，不管身处何地，男人都会积极想得到那个女人。我说过多次，因为那种欲望强烈到压倒一切。对你而言，稍微有点不走运的是，对妻子而言的神圣场所却碰巧是丈夫的工作地。

男人常会考虑和女人发生关系的地方

女士1　我朋友里面也有人因"重要场所被污染"而放弃婚约。婚礼前夕，打开新居家门，他正和别的女人在床上。

渡边　这个确实过分。

女士1　即便是偷情，有些事也绝对不可以做。

渡边　说得很对。男人中似乎也有人把女人带到和妻子发生关系的床上，这比把手伸向单位女性，碰巧又是举行婚礼的酒店里的员工可是更加罪孽深重了。

女士3　这样说来，我朋友里也有丈夫把女人带回自己家的。

朋友回到家中感觉不对劲儿，一盘问，她老公竟然和她的朋友在那里做过爱。

女士2　大鹤义丹以前也往自家带过女人呢。

女士1　男人为什么要做那种事？

渡边　我也很吃惊，但硬要说理由的话，可能是因为没钱吧。

女士2　哎？因为那样的理由吗？

渡边　通常被引诱的女人也许不明白这一点，但对男人而言，首先要考虑的大问题是在哪里和这个女人做爱。唐突地邀请她去情人旅馆，对方不会轻易答应，而且预约了生活旅馆后对方再跑了，不仅难堪，还得付全额旅馆费用。被引诱一方只需回答"去"或"不去"，引诱方却要负担很大一笔花销。能在银座酒吧里勾引女人、花得起五万十万饭费或旅馆费的男人只是一小部分精英，大多数男人会引诱身边相熟的女人，一边掂量着钱包里的内容，一边寻找能带去的地方。如果是自己家，当然就不用花钱了。

女士1　话虽如此，去和家人一起生活的自己家中还是难以置信。

渡边　站在引诱一方，说"去我家坐坐吧"，这种引诱方式很自然吧？要是说"我订了房间，去○○酒店吧"，女人都会警惕地逃之夭夭。在这一点上，说"来我家坐坐"的话，女人跟来的几率更高。

女士2　可是这是妻子生活的地方啊。

渡边　所以要等妻子不在的时候带去。妻子回娘家时，或者出去旅行时，约莫着确实不在家的时候。要是被女人问："你太太在家吧？"他们就回答："不在，去吧。"

女士3　对妻子就没有罪恶感吗？

渡边　这个会有。不过想得到那个女人、想做爱的心情比那要强烈。前面我也说过，男人是有强烈性欲望的动物，如果眼前有新鲜且有魅力的女人，就会只想把她拿下。我想，不当男人是不会理解这个的。

女士2　把异性带进有伴侣生活的家中，我是做不到的，也不希望对方做。

渡边　这种洁癖属于女人特有，大多数男人只想和女人接近，对妻子的罪恶感在其次。

女士2　哎？是这样吗？

渡边　男人本来就不怎么具备区分某处特定场所为"神圣的地方"的意识，他们认为最多事后收拾干净不暴露就行了。女性看来或许难以置信，但好坏暂不论，男人和女人性的根本是不一样的。女性怀胎某个男人的孩子九月有余，然后完成生产这一伟大事业。包括其后的育儿，都是因为对特定的男人怀着爱与信赖，才能够做到。与之相反，男人的任务是为人类的存续对尽可能多的女性射精。对只求射精的男人而言，不需要女性所考虑的洁癖。

女士1　或许如此，但女性不能理解。

女士2　与道理无关，生理上无法接受。

渡边　女性经常说"生理上讨厌"，可是男人不怎么有那种感觉。

"我最爱你，但也想和别的女人做爱"是他们的心声。所以要不要因男人偷情走到离婚这一步，取决于女人多大程度上能够容忍男人的这一本性。

要是了解男人的本能，便可以避免离婚

女士1　就算老公出轨，我也不打算破坏婚姻生活。既然了解了那是第一位，就可以原谅。

渡边　又是很棒的理解力。（笑）

女士2　我绝对讨厌，要是知道了，我想我无法原谅。

女士3　我是觉得前夫不是那种人，才选择了他。竟然没有看穿他，这打击到了我。

渡边　这只是你对他的想象出现了错误。（笑）与其说他就是那么个男人，不如说他发挥了男人的本能。要是理解了这一点，你还有不分手这一选项。

女士3　可是我丈夫迷上了新的女人，是他想分手。

渡边　这可能是因为你们俩都年轻，还没有小孩。年轻人离婚多是因为他们可以简单分手。三十多岁到四十多岁的夫妇有了孩子，还要考虑面子和丈夫的体面，没那么简单。总之，男人提出离婚绝大多数是在有了下一个女人时，如果没有，很少会分手。

女士3　这么说来，我家也是的，一开始他对我说"价值观不合"。

渡边　于是你一调查，竟然是他有人了吧？

女士3　是的。

女士1　归根到底，问题在于男人老是拈花惹草。

女士2　没有办法了吗？

渡边　即使让我说，只有这一点毫无办法。（笑）所谓雄性，就是一种总是要求和雌性性交的动物。这是男人的本能，如果有怨言，也只好请你们对把男性创造成那样一种动物的上帝去说了。（笑）不过，要说你前夫现在是否还和那个女人频繁做爱的话，我估计不会了。

女士3　这样说来，我最近收到他的短信，说什么"人生不如意之事十之八九。对不起，这会儿找你抱怨"。（笑）

渡边　恐怕和那个女人保持了多年关系，最近渐渐厌烦了。因为男人嘛，和一个女人持续做爱，必定会厌烦。所以没准儿他又眷恋起久未做爱的你来了。（笑）

女士3　为时已晚了。（笑）

渡边　不过这也是男人的习性。前面我也说过，男人就像大马哈鱼一样，必定要回到出生的河里。（笑）从前有种观念认为忍耐顺从是婚姻的附属物，所以女人会乖乖等候那种不忠实的男人。因为经济上独立的女性也很少，所以一旦遭遇离婚，现实中便会无法生活，而且回到娘家会被说成"出了门又回来"，很是糟糕，弄不好还会被幽禁，不让见外人。

女士1　幽禁……

渡边　然而现在的女性逐渐自立，不会再等候那种男人了。

女士3　还会追求新的可能性。我会彻底忘记，从头重新来过。

　　渡边　在这个意义上，可以说进入了一个对女性而言的开明时代，不过离婚相应也会增加，男人也可能在彼此的徘徊张望中终生单身，失去可以依赖的女人，他们也必须比从前更为小心谨慎地生活。（笑）

女人的明确表达与
男人的含糊其词

第二十一回

女士1　老师您总是说男人就是要见异思迁。

渡边　我指的不是见异思迁、不伦等表面现象，而是雄性的性癖这一特性。男人希望尽可能地和众多女性发生关系，这应该说是上帝为了种的存续赋予雄性这一性别的本能，不仅限于人类，这也是几乎所有动物共通的性行为模式。只不过人类的雄性不同，现实中很少有结了婚还依然受欢迎的男人，而且即便找到对象，也可能要受到社会制裁，在各种意义上负担沉重，现实中困难重重。光是瞒着妻子就十分劳心费神。

女士1　被妻子发现后会怎么做呢？

渡边　大概会说"对不起"或者"下不为例"这类话道歉吧。

女士2　不从心底里觉得不好吗？

渡边　这样问可难住我了。（笑）因为本能产生时就是为拈花惹草，如果不在无奈之下做出表面上的反省姿态，妻子或恋人离开了可就麻烦了。

女士1　依然是摆姿态吗？

渡边　因为本性如我开始所说。但是即便是摆姿态，也是因为希望她不要离开自己。拼命跟对方道歉、反省说"真对不起，原谅我吧"，也是重视她的证据。

女士2　既然这么重视，不拈花惹草就是了嘛。

渡边　这是问题关键。男人无论拥有了多么重要的人，见了其他有魅力的女人后偷腥的可能性总是存在。万一被发现，就会不停地道歉，道歉之后再有机会，又会偷腥。

女士1　真是不长记性的动物呀。

渡边　就是这样。（笑）不过他们不会对不太重要的对象道歉，而是或者轻描淡写地说一句"对不住"，或者摆出一副"既然如此，你看着办好了"的随便态度。同样一句"对不住"，程度各不相同。

女士3　回头想想，确实有许多腔调。

女士1　这位是今天的女嘉宾，三年前离婚，四十二岁，现在单身。

女士3　我因为丈夫拈花惹草得厉害，结婚十二年时离婚。

渡边　怎么个厉害法？

女士3　我与丈夫在职场相识，觉得他是个"温柔善良的人"，就结了婚。可是后来我得知他是个对谁都温柔的人。订婚之后，听到他的朋友对他说"要是结了婚，你那些养在箱子里的鱼可怎么办"，我还觉得奇怪。

渡边　除你之外，他还有养着的"鱼"？（笑）

女士3　结婚后他也没改偷腥癖性，结婚第三年，我发现他在和我们一个共同的女性朋友来往，对方也是已婚者。

女士2　和老婆认识的女人偷情可真过分。

渡边　确实过分了。不过男人心中对新事物的好奇心总是在闪耀，只要有机会，他们就想满足自己的好奇心。用俗语表达男人的这一习性，便是"拈花惹草"。

女士　应该说正确表达便是"拈花惹草"吧？

渡边　这是永远势不两立的见解差异。（笑）不过你是怎么知道他在和那个女人来往的呢?

女士3 有一次他喝醉酒回来,把包放在书桌上睡觉去了。包打开着,我好奇翻看,结果找出那个女人的裸照来。

女士2 他可真够不设防的呢。

渡边 我倒是怀疑说成"不设防"是否合适……

丈夫和第三者在一起时打来电话

女士1 后来怎么样了呢?

女士3 争吵了一段时间。一天晚上,他打来电话,告诉我:"我现在和她在一起,但这是最后一次,今后我不会再见她了。"第二天早上,他在桌子上放了张字条,写着:"真对不起,请不要上火了。"我本以为他洗心革面了,结果却又一次故态复萌。

渡边 还和那个女人继续吗?

女士3 不仅如此,他又开始和别的女人交往了。

女士1 真是没救了呢。

渡边 我这样说可能有点不恭,但你丈夫会不会是想和你分手了?

女士3 哎?

渡边 专门把那种照片带回家,还把包敞开,就暗示着"你看吧",对吧?如果真的爱妻子,就算偷腥,也会拼命掩盖,而且暴露后会拼命道歉。可是他竟然如此不设防,会不会是表示"暴露了也无所谓"，意味着"我讨厌你了，分开吧"呢？

女士1　会吗？也许只是不设防而已。

渡边　可是如果真的是不设防，也意味着已经对妻子失去了诚意吧？而且只要听听刚才的话，就会看出他明显有意为之。

女士2　可是他在那个女人面前说"我要和她分手"，不就是说选择妻子了吗？

渡边　可他为何又要特意从和那个女人待在一起的地方打来电话呢？

女士2　为了让三个人都明白，这段关系结束了。

渡边　那是撒谎吧？

女士2　哎？撒谎吗？

渡边　真想分开的话，和包括那女人在内的三个人见面谈谈就行。从和偷情对象待在一起的地方打来电话，说什么"我现在和别的女人在一起，不过我要和她分手了"，这对妻子是极其不尊重而且冷酷的。我无法不理解为那是宣布和妻子分手。

女士1　可是我还是不明白。

渡边　或许吧，虽然我一下子就明白了。因为男人和女人的语言表达不同，所以也许对女人来说很难理解。女人想分手的时候会明确说出来吧？

女士2　会说的，会说"我已经不爱你了，分手吧"之类。

渡边　也可能会说"我、讨、厌、你"。（笑）女性自己的语言直截了当且明了，便以为男人也会这样表达。可是男人在那种时候绝不会说"我讨厌你"或者"希望你和我分开"。

女士1　那么他们会怎么做？

渡边　首先不会直说，而是采取若无其事兜圈子的办法。

女士1　比如呢？

渡边　展示自己敷衍了事、懒散的一面，让女人渐渐讨厌自己，和自己分手。把裸体女人的照片带回家，故意让妻子看见是很露骨的做法，哪怕是同性的男人看到也不会赞成，会觉得这明显是分手的标志。这样做了妻子都不能理解的话，便会用语言表达，然而依然会用非常含糊的说法。我以前偶尔听说过男性熟人对正在交往的女性提出分手这样的事情。

女士1　他说了什么？

渡边　说"我是个非常敷衍了事又懒散的人，所以感觉配不上像你这样认真努力的人"。

女士1　那样子说，我完全理解不了。

渡边　所以那个女的说："哪儿会呀，和你挺好的。"（笑）

女士1　当然了。

女士2　还是说明白比较好。

渡边　可是男性的语言比女性的语言暧昧，这点听一下男人之间的谈话便可明白。即便对方是自己讨厌的人，也不会当面说"我讨厌你"，就算在心里想"这个讨厌的家伙"，也依然会拍马屁说"部长果然能干啊"。

女士1　难以理解呢。

渡边 要是你们吵架，会对彼此使用尖锐的语言吗？

女士2 会处心积虑戳对方痛处。

渡边 所以男人为了不激怒女人，变得越发暧昧。（笑）要是对正在交往的女人说"我厌烦你了，想和你分手"或者"我有了更喜欢的人"，会闹出大风波来。

女士2 或许是这样。

女士3 就算不那样说，也会有场大风波的……

渡边 嗯，为了尽可能避免如此，男人希望不诉诸语言，而是用态度或者行动抛出暗示让对方明白。女性最好多注意一下男人的暗示。

男人希望人去留韵

女士3 但也不总是明白的暗示，他也有温柔之处。

渡边 怎么个温柔法呢？

女士3 我因为他待在别的女人那里不回来很痛苦，跑到附近的公园里哭泣，他担心我，光着脚追过来，问我要不要紧。

渡边 我还有个疑问，把人逼到这个份儿上的人是谁？（笑）不过也许因为他时不时像这样摆出温柔的姿态，让你格外看不懂了。

女士1 他因为对妻子心怀愧疚才那样做的吧？

渡边 当然有这个原因，但无论以何种形式，只要是与自己发生过关系的女人，男人基本上都不希望被对方认为是"过分的人"

或"冷血"。虽然现在对妻子的感情已经淡漠，想去找别的女人，但还是会感谢相处融洽那会儿女人的温柔和付出这一事实。所以如果可能，他们还是希望让对方认为"他还在真心地爱着我、珍惜我呢"，希望人去留韵。虽然也有的人会说这是男人的狡猾之处。

女士3　狡猾之处……

渡边　嗯，狡猾与温柔仅隔一层纸。（笑）女性常说"我喜欢温柔的男人"，其实和"我喜欢狡猾的男人"是一个意思。（笑）

女士3　不过我想他终归不是能驻足于一个女人的人。那之后也发现过其他女人的照片，还有陌生女人哭着打来电话。因为太过分，我们离婚了。

女士2　那么用情不专，不如一开始就不结婚比较好。

渡边　可是我一开始就说过，不能驻足于一个女人正是男人的本性，多数男人把妻子当作生活搭档信任，他们希望牢牢把握那样的女人，同时经常心动神摇地享受一下恋爱。也许女性无法理解男人反复如此，但他们这般见异思迁，是因为他们看轻那些恋爱。换个角度看，也可以说男人的花心也就那么回事，不必那么看重。

女士1　无论哪种程度，妻子都会讨厌的呀。

渡边　可是妻子对丈夫期望值也太高了。妻子们希望丈夫拼命工作，赚大把的钱，还能出人头地，让自己在外得意洋洋，再加上还要和自己激情燃烧地做爱，对自己温言软语，在圣诞节或生日时两个人一起吃饭。（笑）再加上还得"不拈花惹草"，这是勉为其难的要求。

女士 2 我想或许如此吧。

渡边 你们也会早早绝望的。（笑）不过多数情况下，妻子天长日久也就慢慢绝望了。漫长的婚姻生活也是漫长的失望。

女士 3 我前不久离了婚，不过我也是早就绝望了。

渡边 怎么说呢？

女士 3 我觉得不能对一个男人要求全部。我想今后我可能会更自由地享受恋爱。

渡边 我认为这样很棒。但请千万不要误解了男人的暗示哟。（笑）

第二十二回

男人和女人终归
难以互相理解

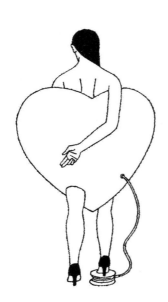

女士1　上次的嘉宾是那位苦恼于丈夫用情不专而离婚的女士。她丈夫把女人的裸照放在包里，还从女人的房间给她打电话。老师您说那是"分手的暗示"。

渡边　比起语言，男人更希望通过态度和行动传达自己的情感。

女士1　后来我发短信问她受没受到伤害，她回信说"我就当没那回事吧"。

渡边　你指的是什么？

女士1　老师对她说"你丈夫想分手"，这对她来说不是令人愉快的话题。

渡边　当然如此。

女士1　所以她说希望当作没有那回事。

渡边　原来是这样。不过所谓"希望当作没有"也许意味着隐约觉得"或许如此"。不想承认的事情被别人指出来了。

女士2　那种时候如果当作没有发生，可以让心灵和自尊不受到伤害。

渡边　可是我想，把不想听的和不想知道的事情全部阻隔在外地活着很难。果真能做到那一点，也许是一种才能。（笑）这该叫作有弹性还是勇敢呢？这种内心里的任性妄为男人或许难以理解，也做不到。

女士2　男性没有这种感觉吗？

渡边　因为与女性相比，男性更倾向于社会性动物，所以不会那么以自我为中心地考虑问题。再怎么强调"我有能力"，如果被周围人指出"没有",现实中也是无计可施的。而且如果总是听顺耳的话，就不会自我反省和改变，也无法进行冷静思考，所以终归是于己无益。虽不能一概而论，但我感觉男性似乎更能冷静地审视自己。

女士1 也许女性的确更自以为是吧。以前我的朋友感叹过正在交往的男友和别的女人结了婚。

渡边 那是怎么回事？

女士1 她把偶尔一起吃个饭的男人想成"正在交往"，有一次她听别人传言说那个男的和别的女人结婚了。

渡边 对方没有交往的意思。

女士1 也许发生过一两次性关系。

渡边 或许那个男的与自以为在和他交往的女的之间发生过一点性关系，但因为性或者性格上合不来，所以退出了。

女士1 好像打电话也不愿见面，留言也不回。

渡边 这种就是"我不怎么喜欢你"的暗示吧。她没理解。

女士1 这就是钝感吗？

渡边 与其这样说，不如说她根本不想考虑讨厌的事情。也许是自我陶醉太深导致吃亏。

能够专注于恋爱的是女性

女士1 自我陶醉指的是什么？

渡边 人一旦沉醉于恋爱中，有时便会看不见周围。因为过于专注于对方，不能客观把握对方的感情和自己的位置。愈演愈烈的话，关于对方的一切只要是自己讨厌的一概不接受，无论什么都按照自己的意愿进行解释。这种单方面的执念女性占绝大多数。

女士2 也许是吧。

渡边 也许她到现在还认为"他结了婚应该也不会忘了我"吧。

女士1 发展到那种程度可就危险了。

渡边 不过如此投入偶尔也会起好的作用。比如自我陶醉深的女人一旦坠入情网，就会积极主动地拼命为对方奉献。因为没有多余的杂念，也能痴迷地专注于性爱。有的男人即使不怎么喜欢那样的女人，有时也会觉得有也不赖。

女士2 这也太敷衍了吧?

渡边 还是因为根本上不太喜欢。然而当受到过度的奉献或者遭受固执的干涉时，这种敷衍了事的男人也会感觉十分沉重。

女士1 也有的女人想了解丈夫或恋人的全部行动，翻看手机或记事本。

渡边 要是知道这些，男人就越发想逃离了。要是能让对方发觉自己感觉沉重就好了。这样的人作为爆发式的恋爱对象或许尚好，但作为婚姻生活的伴侣可就累了。

女士2 我觉得我懂了，但对自己爱的人不知不觉就做过头了。

渡边 这一类人有不少。前些时候我在饭店里就见过这样一对儿。

女士2　啊？

渡边　女的明显迷恋男的，执着地为他尽心尽力。（笑）她帮他用纸巾擦脸和衣服，帮他取沙司和胡椒，吃饭过程中还跟他说东说西，但男的话却越来越少。

女士2　是讨厌吗？

渡边　我觉得是郁闷。因为他性格温和，所以会适当配合，但是渐渐地疲倦了。（笑）

女士2　这种时候不妨直说"行了吧"。

渡边　不这样说的才是男人。对方拼命为自己，所以说不出口"你快算了吧"。

女士1　我觉得一般来说，女人会看对方的反应，若是感觉"他退缩了"，会停止的。

渡边　但也有人发现不了这一点，或者也许是装作没发现。

女人眼里只有自己喜欢的男人

女士1　这样倾力付出的女人中也有的希望自己也同样被倾力付出，会渐渐要求回报。

渡边　即便被提出那样的要求，那人也做不到像女性那样彻底，做不到专注于一个对象。可能女人有点短视，当爱极了丈夫或恋人时，便看到的都是那个男人，想的净是那个男人吧。那种时候的女人在其他男人眼里并不可爱。

女士2　会吗？

渡边　据说女性如果能看见喜欢的人，竟然看不到周围也无所谓。

女士2　女人会说"可我就是喜欢嘛"。（笑）

渡边　男人要是看见这样厚颜无耻或以自我为中心，会觉得沉重。经常有女人说："喂，吻我吧。"男人却回答："行了吧，没看到有人吗？"男人再怎么喜欢，也不愿意做被周围人批评或有损于社会立场的事情。因为他们平时被教育要关照周围，再加上腼腆，会认为和女人在人前缠缠绵绵很丢人。

女士2　女性觉得"不敢吻我就是不再爱我了吧"。

渡边　这是理论上的飞跃，和喜欢讨厌无关。像你这一类型的人，如果喜欢，即便周围有人，也会拥抱恋人吧？（笑）

女士2　有人的话不会做，没人的话也许会的。

女士1　谈工作的时候，有的女人会突然说"我有男朋友了"。

渡边　正式场合不提私人话题是一般社会常识吧？像"他十分爱我，我很幸福"或者"我被一个不错的人看上了，真开心"这类话题大概别人不会感兴趣，而且说了也没有意义。男人提到女朋友或者妻子时，几乎都是"我老婆不机灵"这样带否定意味的说法。要是津津乐道地讲恋爱故事，会被人嫌弃说"真是个不讲究的男人"。嗯，男人里面也有什么都说的单纯的人。杉田薰也是那一类型，只不过她好像挺聪明，会估量着说。（笑）

女士2　男性很冷静呢。女性脑子里装满了那些事，所以溢出来了。

渡边 与其说冷静，不如说在投入的程度上男女不同。一般来说，男人比女人冷静，特别在恋爱上的出发点要低。这种差异全部基于性方面因素。

女士1 怎么说呢？

渡边 男人的性热情在射精的瞬间迅速下降，他们不会像女性一样，在性爱结束后身体也长时间残留着甘美的余韵，而是在结束的瞬间被骤然而至的堕落感或虚无感攫获。因此他们能够转换思维，觉得"不可以这样做"，甩开女性来到公司。正因为如此，才会有经济增长和社会发展。这种性方面的"易冷"在恋爱上自不必说，还会影响到所有方面。男人客观看待自己和周围、行动和语言具有社会性，原因全部在此。倘若男人和女人都沉浸在自我陶醉中，缠绵在一起，人类就会灭亡。

女士2 或许如此吧，但我感觉有点缺憾，总感觉不够爽快。

渡边 因为无法专注于一个人也是雄性的本能。好像我太固执了，（笑）雄性希望和尽可能多的雌性性交，尽可能多地播撒精子。即便有了一个极其喜欢的人，还会经常看向周围，寻找不同的雌性。要是突然出现一个优秀的男人，女性也会情不自禁吧？

女士2 这倒是。

渡边 请你们想象一下有十个这样的对象。

女士2 有困难，做不到。

渡边 男人的感情通常分散得广而浅，他们会喜欢A子活泼利落，又觉得 B 子聪明有教养，还会感觉 C 子美丽有气质。他们就是这样总是趋向新的雌性。在女性看来，这也许是"不长记性"，但如果说男人为什么能从几个世纪、几十万年前就不长记性地一直做着相同的事情，那是源于本能。

女士 1　这一点再怎么解释，女性还是理解不了。

渡边　不过换个角度看，男人也很可怜。说到冷静呀、客观呀，总感觉是理性的，但总而言之是因为无法热烈起来。男人有种无法那般投入的悲哀。

女士 2　同情不大起来呢。与其那样，还是希望在恋爱中和我们一起热烈起来。

渡边　当男人想"以三十摄氏度左右的温度燃烧"的时候，女人却想要"以一百摄氏度的温度燃烧"。（笑）刚才我也说过，男女的这种差异产生于性的差异。两股间垂着阴茎的动物和把它纳入体内、生儿育女的动物之间思维方式不同天经地义。只不过因为差不多都穿着衣服，所以差异被隐藏，感觉都一样。

女士 1　在我听老师的这番话之前，认为"同样是人，所以说了就会理解"。

渡边　如果说了就会理解，那么迄今为止男女间的问题早就全部解决了。（笑）表面上再怎么装作理解，男人和女人还是不能互相理解。这样的男男女女一边互相排斥，却又一边拼命追逐对方，挣扎着想要抓住对方，都是因为被爱与性互相吸引。希望你们能明白这一点。

女士 2　我理解了不能互相理解这一件事。

女士 1　我能不能认为理解了这一点就能进展顺利呢?

渡边　明白了彼此不同，却还是希望和对方扯到一起。这一点正是人类、包括动物在内的既可爱又可怜之处。(笑)好吧，今天也谈了许多，但我怀疑能否让你们理解，所以我该打道回府了。

　　本书根据《妇女公论》上连载的《男人的错觉　女人的幻想》一文改编而成。值单行本出版之际，各回题目做了些许改动。